이강, 이강은 이강이다

이강, 이강은 이강이다

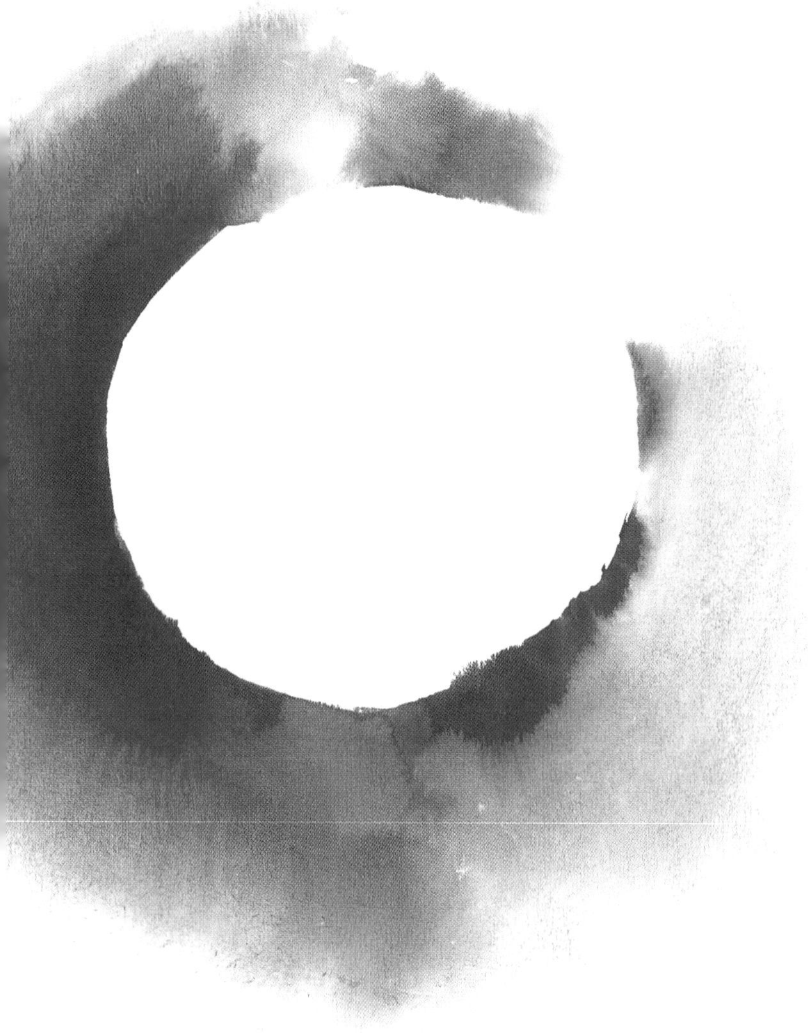

김호석 그리고 엮음

빈손과 빈 붓의 시적 조우

몇 년 전, 백양사에서 시대의 언저리를 쓰다듬던 전라도 출신 몇 사람이 모인 적이 있는데, 옅은 미소만 머금고 쓸쓸한 표정으로 자리가 파하기만을 기다리는 듯한 한 사람이 있었다. 이강 선생이었다. 형제들을 죄다 끌고 혁명의 격랑을 헤쳐왔다는 말을 들었다. 형제 가운데 누구도 혁명의 과실을 얻지 못했다고 한다.

혁명이라는 바구니에는 야만과 새로움이라는 두 주제가 함께 담겨 있다. 낡은 질서가 쓸모없는 것으로 여겨지면 일거에 무너뜨리고 야만에 빠진다. 소위 혁명이다. 야만의 정당성은 새로움을 향한 깃발이 보장한다. 자신을 혁명하지 않은 채 일어난 자칭 혁명가들은 야만에만 머물고, 새로움의 길을 열 덕성이 없다. 마침내 혁명의 깃발을 찢어 완장을 만들어 차는 것이다. 혁명의 과실들은 완장들의 손아귀에 잡혔다. 혁명가와 고작 반항아의 차이는 깃발을 품고 계속 흔들리느냐, 아니면 깃발을 찢어 완장을 만들어 찼느냐의 차이다. 또 하나는 과실을 움켜쥐었느냐, 아니면 빈손이냐의 차이다.

이강은 빈손이다.

눈이 밝지 않은 사람에게 김호석의 그림은 덜 그린 것같이 보일 수도 있다. 붓놀림에 절제와 겸손이 가득하다. 『주역』은 음과 양의 두 효를 이리저리 놀리면서 인생사 대부분을 설명하는데, 여섯 효로 되어 있는 모든 괘에는 길과 흉이 다 들어있다. 겸謙괘 하나만 예외여서, 길吉한 점사로만 가득하다. 겸괘는 땅 안에 큰 산이 숨겨져 있는 형상이다. 마음속에 큰 산 하나 품고 하는 절제라야 비로소 겸손이다. 그림으로 짐작하건대, 김호석의 마음속에는 큰 산 하나가 자라고 있을 것이다. 운동할 때 힘을 빼는 것은 정확하고 강한 타격을 위함이다. 절제와 겸손이 큰 산을 더 크게 하는 것 같은 이치다.

김호석은 어느 초상화에 이르러 눈 그리는 동작을 아예 절제하였다. 그리하여 이 세상에 하나밖에 없는 진짜 눈! 눈의 진실이 현현하였다. 누군가의 가장 밝은 눈이 되었고, 더 나아가 이 세상의 눈동자가 모두 그 자리에 가득 들어앉았다.

김호석은 빈 붓이다.

남길 말만 겨우 남겨서, 문자가 차라리 사라지기 일보 직전의 벼랑에 걸려 있는 상태라야 인위적 표현은 비로소 자연스럽게 완성된다. 문자가 차라리 사라져버리려고 몸부림치면서 벌려놓은 틈새에는 신의 세계에 살던 소리가 찾아들어 큰 산처럼 박힌다. 시는 이렇게 태어난다. 빈손과 빈 붓의 시적 조우는 천둥처럼, 번개처럼, 비처럼, 바람처럼 빈틈없이 세상을 가득 채운다.

2023년 3월 21일
나비꿈집(호접몽가) 최진석

이강,
이강은 이강이다

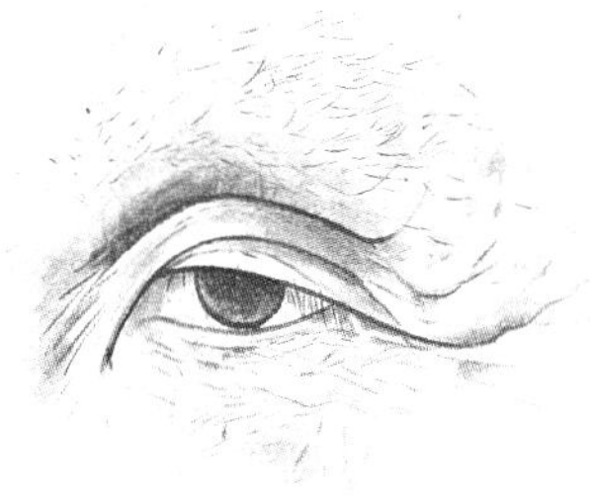

광주 정신의 모델,
이강 선생을 수묵화로 담아내다

5.18민주화운동기록관

홍인화 관장

5·18민주화운동 43주년을 맞아 5·18민주화운동기록관은 의미 있는 행보를 하고 싶었다. 그런 가운데 주목하게 된 인물이 이강 선생이다. 이강 선생은 전국 최초의 유신 저항운동인 '함성지 사건'으로 구속되어 재판을 받은 인물이다. 출소해서 수면 아래서 묵묵히 살며 광주를 품어냈다. 그 모습은 다름 아닌 '무등'이었다. 그 자체로 광주의 정신이었던 것이다.

이강 선생이 광주정신의 모델이라고 여긴 김호석 작가가 이강 선생의 여러 모습을 수묵화로 담백하게 형상화하였다. 그렇게 나온 작품을 5·18민주화운동기록관이 〈이강, 세상을 품다〉란 제목으로 이번에 내놓게 되었다. 평소 김 선생은 이강 선생의 광주정신을 수묵화로 표현하고 싶어했고, 이번에 그 뜻을 이룬 것이다. 5·18민주화운동기록관으로선 이보다 더 의미 있고 가치있는 일이 없다. 광주정신을 품고 있는 인사의 모습이 당대 최고의 수묵인물화가에 의해 재조명되는 장이 펼쳐지게 된 것을 기쁘게 생각한다.

김호석 작가는 80년대 '수묵운동'에 참여하면서 우리 시대의 이야기를 진솔하게 표현해온 현실참여형 작가다. 현장에서 숨 헐떡거리며 살아온 이 시대 민중의 얼굴을 그린 그의 인물화는 한국 미술계에서 매우 중요한 위상을 차지하고 있다. 그런 그가 담아낸 이강 선생의 수묵화는 광주의 5월을 가슴에 품고 살아가고 있는 이들에게 큰 울림을 전할 것으로 보인다. 아니다, 광주의 5월을 잘 모르는 어린 세대들에게도 말보다 더 진한 가르침을 전할 것으로 기대된다.

김호석 선생이 그림의 모델로 이강 선생을 선택한 것은 40여 년간 쪽빛 복원에 매달려온 한광석 선생의 공이 크다. 김호석 작가가 한광석 선생과 함께 이강 선생을 만나면서 이강 선생의 삶에 묻어난 광주정신에 잔잔한 감동을 받았다. 그리고 그 감동을 수묵으로 표현하였다. 김호석 작가는 부자에게나 가난한 사람에게나 똑같이 햇빛이 비친다는 진리를 수묵에 담겠다고 하였다. 수묵그림에 그의 그런 작가정신이 그대로 담겨 있다. 하지만 해석은 보는 사람들이 알아서 보는 것일 게다.

이번 전시를 계기로 광주가, 광주의 5월이 당대의 우리나 후세들에게 큰 울림을 전하면 좋겠다. 5·18민주화운동이 43년 전의 사건으로만 남지 않고 우리가 살아가는 현재, 앞으로 살아갈 미래까지도 선한 영향력과 지축이 되길 희망한다. 따뜻한 공동체와 희망이 가득한 세상을 만들어내는 토대가 되길 소망한다. 이강 선생을 모델로 광주의 정신을 담은 이 수묵전시가 광주와 광주의 5월 정신을 올바르게 알리는 첨병이 될 것이라 믿는다.

이강, 세상을 품다

〈김호석 전시회〉

5.18민주화운동기록관

정희석 학예사

5·18민주화운동기록관 상설전시실3유산에는 보편적 인권 향상을 위한 인류의 노력에 관한 기록이 전시되어 있다. 1215년 영국의 '권리장전Bill of Rights'부터 1948년 UN의 '세계인권선언Universal Declaration of Human Rights'까지 20개의 코너에서 여러 나라의 민주화 과정에서 발생한 역사적 사건을 살필 수 있다. 우리 기록관은 1980년 5월 광주의 기록이 인류 문명 변화의 흐름과 직접적으로 맞닿아 파동의 진원처럼 퍼져나가는 지점을 포착하고자 한다. 5월 광주가 세계 시민의 일반적이고 당연한 권리투쟁 과정을 대표한다고 믿기 때문이다.

또한 우리 기록관은 5월 광주의 배경을 선명하게 드러내는 작업도 진행한다. 발터 벤야민이 얘기한 역사의 현장성, 동시성 차원의 연구와는 별개로 광주에서 일어난 '거대한 흐름'의 시작 지점에 해당하는 사건들을 조명하는 노력도 기록관의 역할이라고 판단하고 있다. 단단한 뿌리를 밝히는 일의 가치가 사소한 일일 수 없을 것이다. 이번 전시는 80년 이전 광주민주화운동의 큰 어른으로서 상징성을 갖고 있는 이강 선생의 삶을 조명한 김호석 작가의 개인전이다.

김호석 작가는 수묵인물화 분야에서 동시대적 담론을 가장 잘 담아내고 있는 것으로 평가받는 현재진행형 거장이다. 1999년 국립현대미술관 '올해의 작가'로 선정된 바 있고, 서울시립미술관, 호암미술관, 아라리오갤러리, 광주시립미술관 등 국내 유수의 미술관 전시를 통해 국내 미술 애호가와 미디어의 호평을 받았다. 또한 뉴욕 퀸즈미술관, 아시아 소사이어티 등 외국의 기획 초대전에 참가하였고, 2017년 인도 뉴델리 국립현대미술관에서 한국인으로서 최초로 개인전을 개최하는 등 해외의 꾸준한 관심을 받고 있다. 그는 전통 초상화의 권위자로, 성철 스님, 황희 정승, 노무현 대통령 등 역사적 인물의 영정 작업으로 유명하다.

그러나 김호석의 다층이면서 단단한 작품세계에 비하면, 요란스런 미디어와 미술 대중의 관심도 그가 가진 깊이에 제대로 다다르지 못하고 있다. 겨우 외피 몇 겹만을 들추고 있다. 그의 작품 속 인물은 그 인물에 대해 인식론의 객체로 설정하고 관찰하는 객관적 방식의 시선으로 설명하기 부족하다. 그의 인물들은 주체로서 이성과 감정을 가진 자아가 시각과 지적 투영을 통해 대상을 바라보는 주관적인 시선 역시도 넘어서고 있다. 그의 작품은 주관과 객관 모두를 넘어서는, 대상에 대한 새로운 경계의 해석을 담고 있다. 객관적 판단과 주관적 이해만으로는 통찰 불가능한 정신의 지평에 서 있다.

이번 전시는 이강 선생의 삶을 주제로 상징과 암시를 통해 메시지를 전달하는 작품으로 구성되어 있다. 이강 선생의 초상화들은 태연하면서 정적인 모습의 연속이다. '파란만장' '상상 초월', 광고에서나 흔히 볼 수 있는 과장의 문구들이 오히려 가지런히 고개숙일 만한 인생을 살아왔으면서도, 세간의 평가나 과거의 기억은 뒷짐지고 꼼지락대는 그의 손가락 끝에서 사라지는 듯하다. 악셀 호네트가 말한 '상호 인정'의 동력이 이강 선생의 초상화 앞에서는 초라한 무엇으로 쪼그라드는 경험을 하게 된다. 오히려 커다란 대나무의 용맹함이 이강 선생의 성품에 가깝다는 작가의 설명이 신선하게 들린다.

그렇지만 서커스단의 청개구리에서 보이는 아슬아슬한 자세나, 황토현의 아스팔트 위로 겨우, 그러나 끈질기게 생명을 유지해 올라와 있는 대나무 가지들에서는 연민과 안도를 함께 느낄 수 있다. 작가는 "광주에 대해 다른 시각의 서사를 보여주고 싶었다."라고 얘기한다. 그것은 아픔, 슬픔, 억압의 감정에서 부드러우면서 따뜻한 감동으로의 전환과, 과거를 넘어선 사람Over Man의 삶의 태도가 발산하는 매력에 관한 것일 것이다.

이번 전시 작품을 바라보고 있으면 이강 선생의 이야기와 작가 김호석의 서사가 겹쳐지는 것처럼 느껴지는 순간들이 있다. 3차원 공간의 확정 위치가 퓨리어의 차원 변환이 이루어진 후 같은 패턴으로 읽히는 것 같은 경험이다. 별개였던 두 파동이 시간이 지나면서 고·저, 장·단을 맞춰가며 하나의 유형으로 수렴하는 것과 유사하다.

김호석의 작품세계가 이강 선생의 삶과 만나 경계를 주유한다. 위태가 경계의 기본 속성임에도 그곳에서 여유롭다. 가만 보면 김호석과 이강 선생의 뒷모습도 닮아있다. 그림 속 이강 선생과 분위기와 비슷하다. 아우라에 색이 있다면 두 사람의 아우라는 색상환의 이웃 영역일 것이다. 헤겔의 예술론과 닮아있으면서, 예술의 죽음을 반증하는 작가 김호석이다.

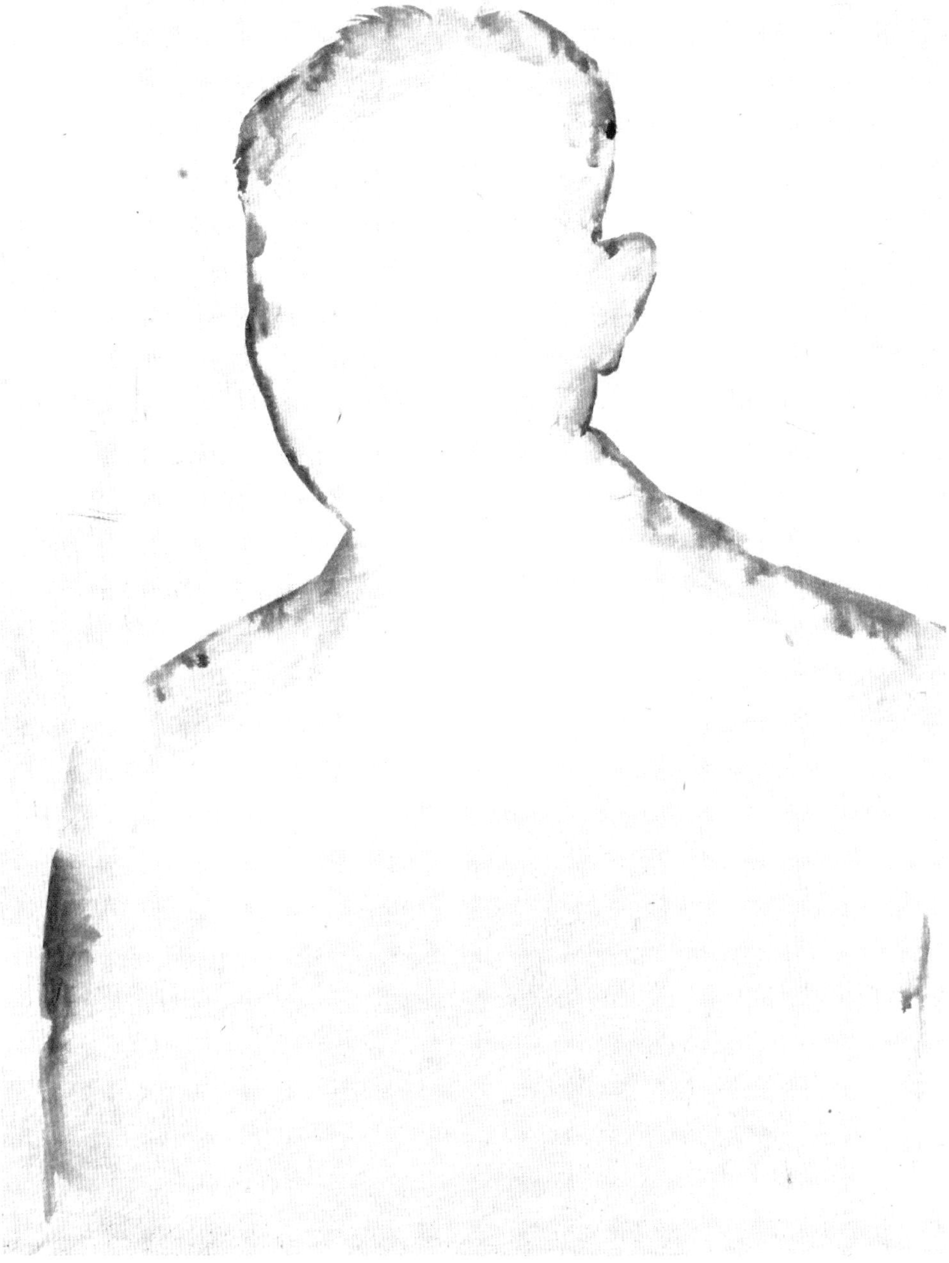

이강 선생상, 91X65cm, 종이에 수묵, 2023

김남주 선생상, 91X65cm, 종이에 수묵, 2023

자유인 - 세상을 품다, 142X72.5cm, 종이에 수묵, 2023

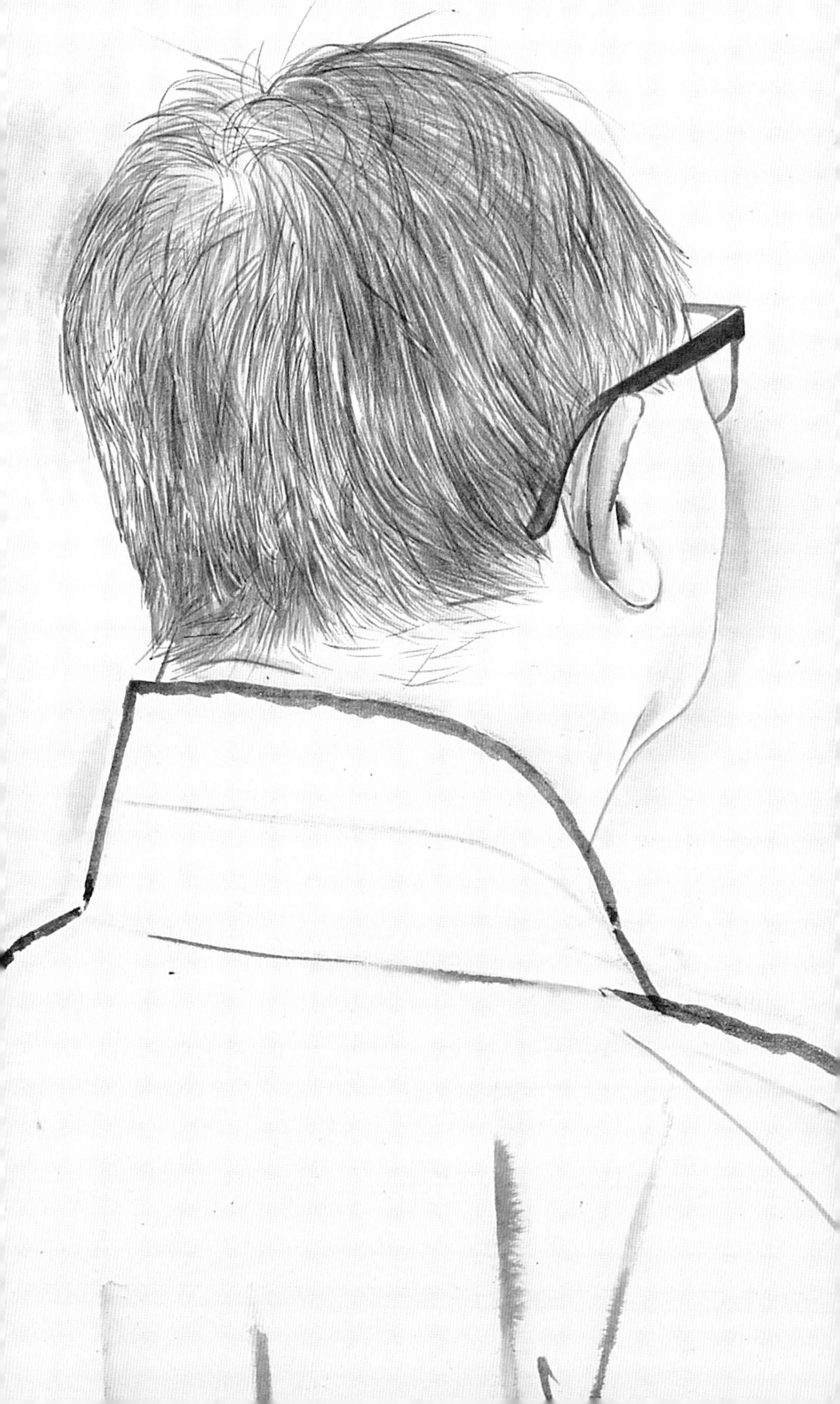

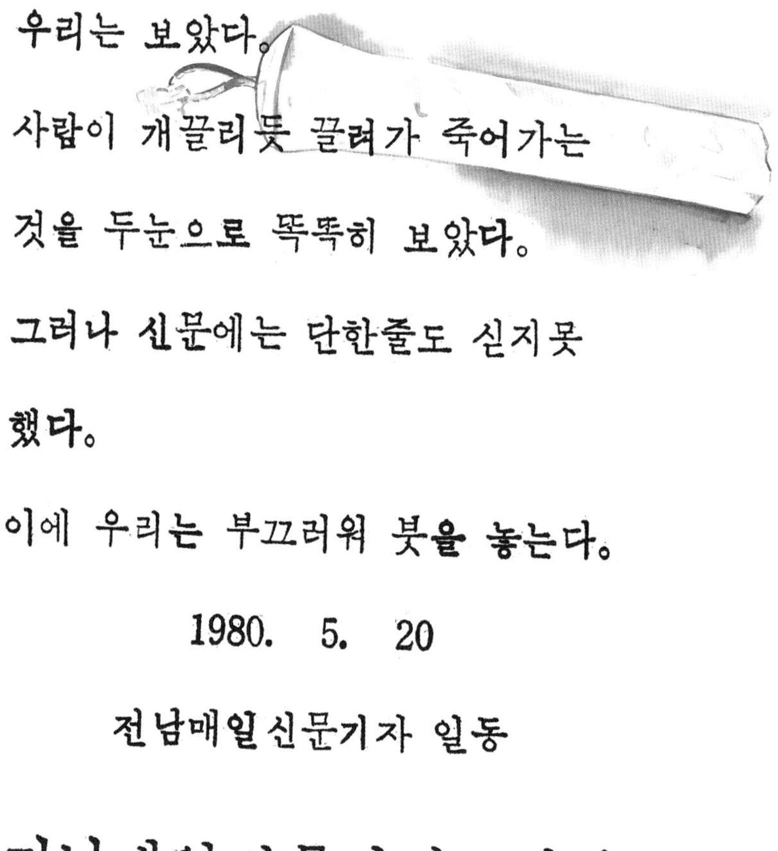

우리는 보았다. 76X53cm, 종이에 수묵, 2023

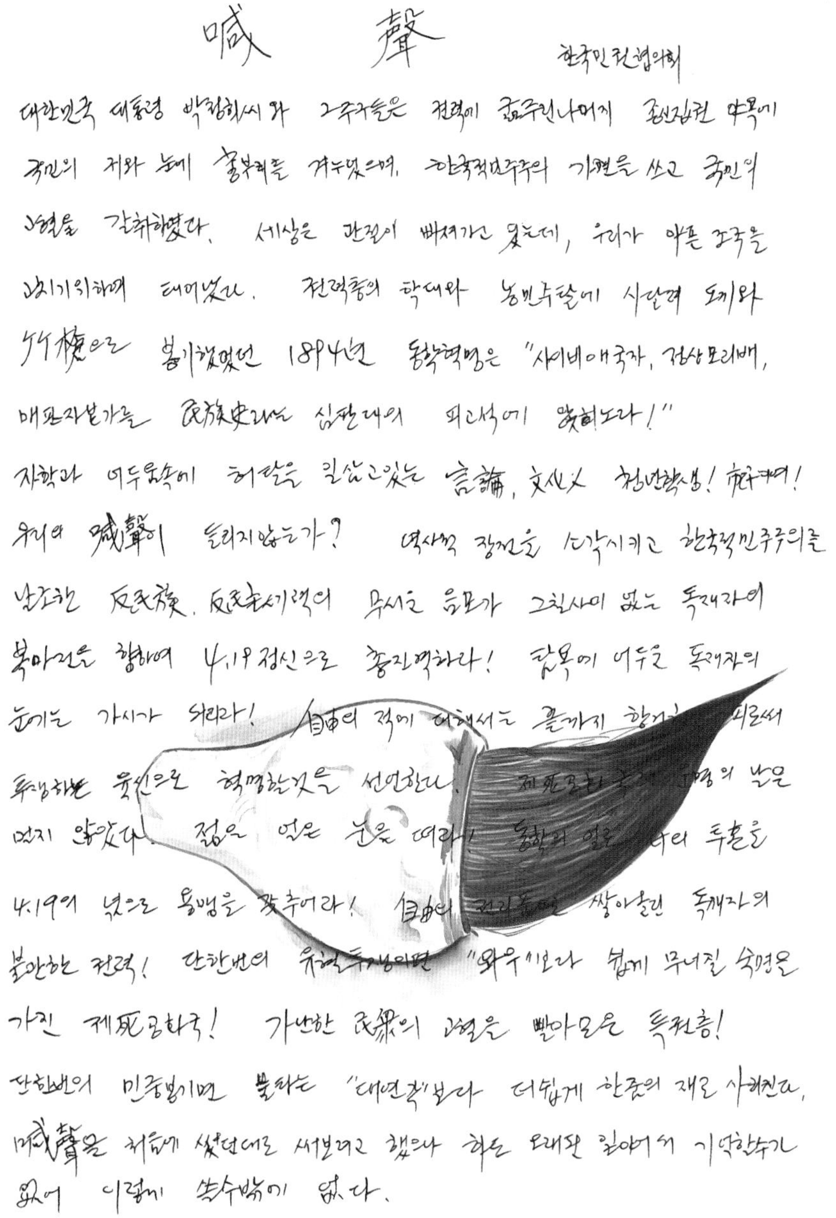

함성, 76X53cm, 종이에 수묵, 2023

광주가 진 빚, 142x72.5cm, 종이에 수묵, 2023

떨어진 꽃의 향기, 143x74cm, 종이에 수묵, 2021

새 길, 142x74cm, 종이에 수묵, 2021

황토현의 봄, 91x60cm, 종이에 수묵, 2020

개구리 서커스, 143x74cm, 종이에 수묵, 2021

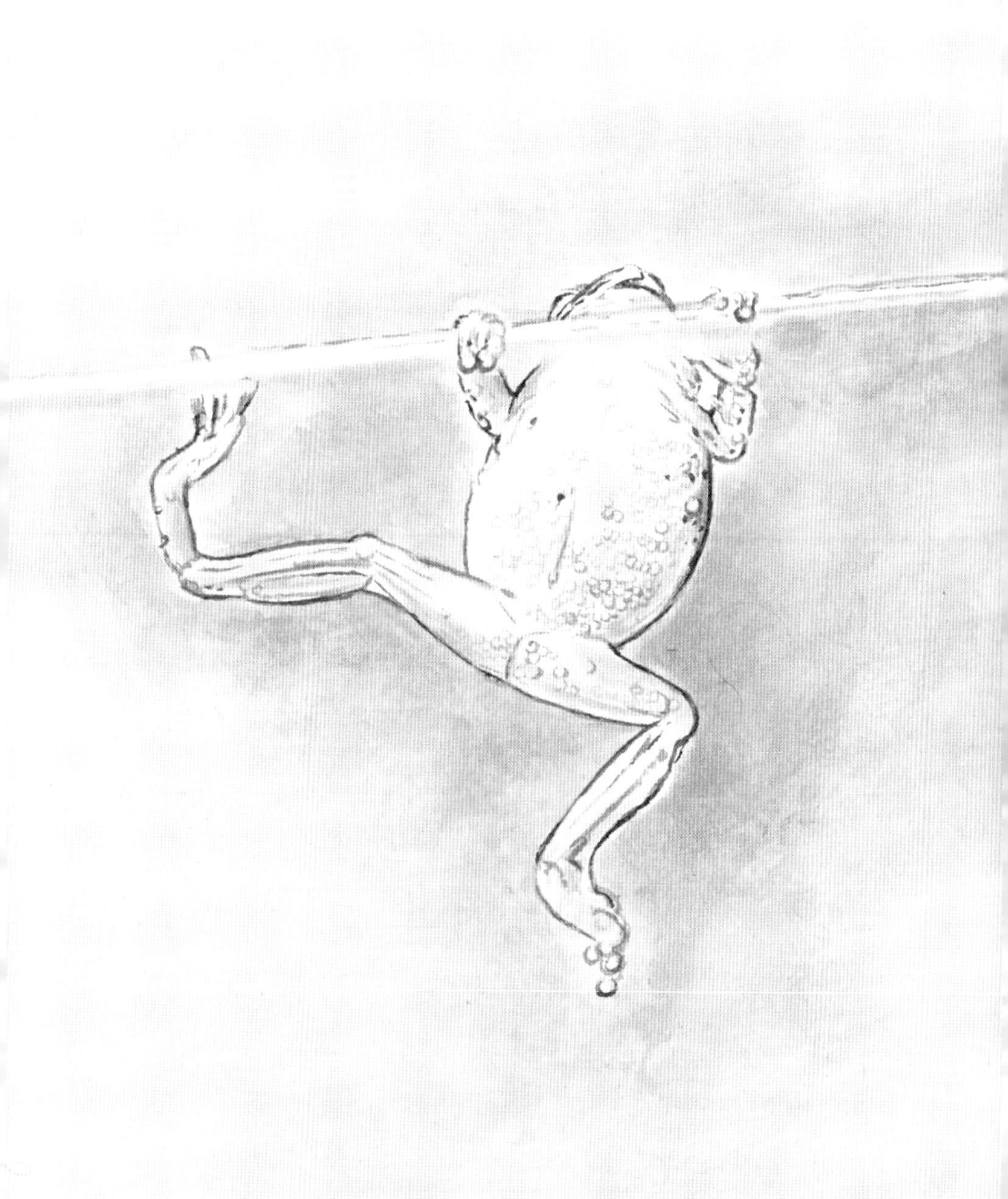

액풀이, 143x74cm, 종이에 수묵, 2022

화해, 168x130cm, 종이에 수묵, 2022

나는 본다, 143x74cm, 종이에 수묵, 2021

내가 너다, 143x74cm, 종이에 수묵, 2020

너는 알지 못한다, 143x74cm, 종이에 채색, 2021

비단 주머니, 78x70cm, 종이에 수묵, 2020

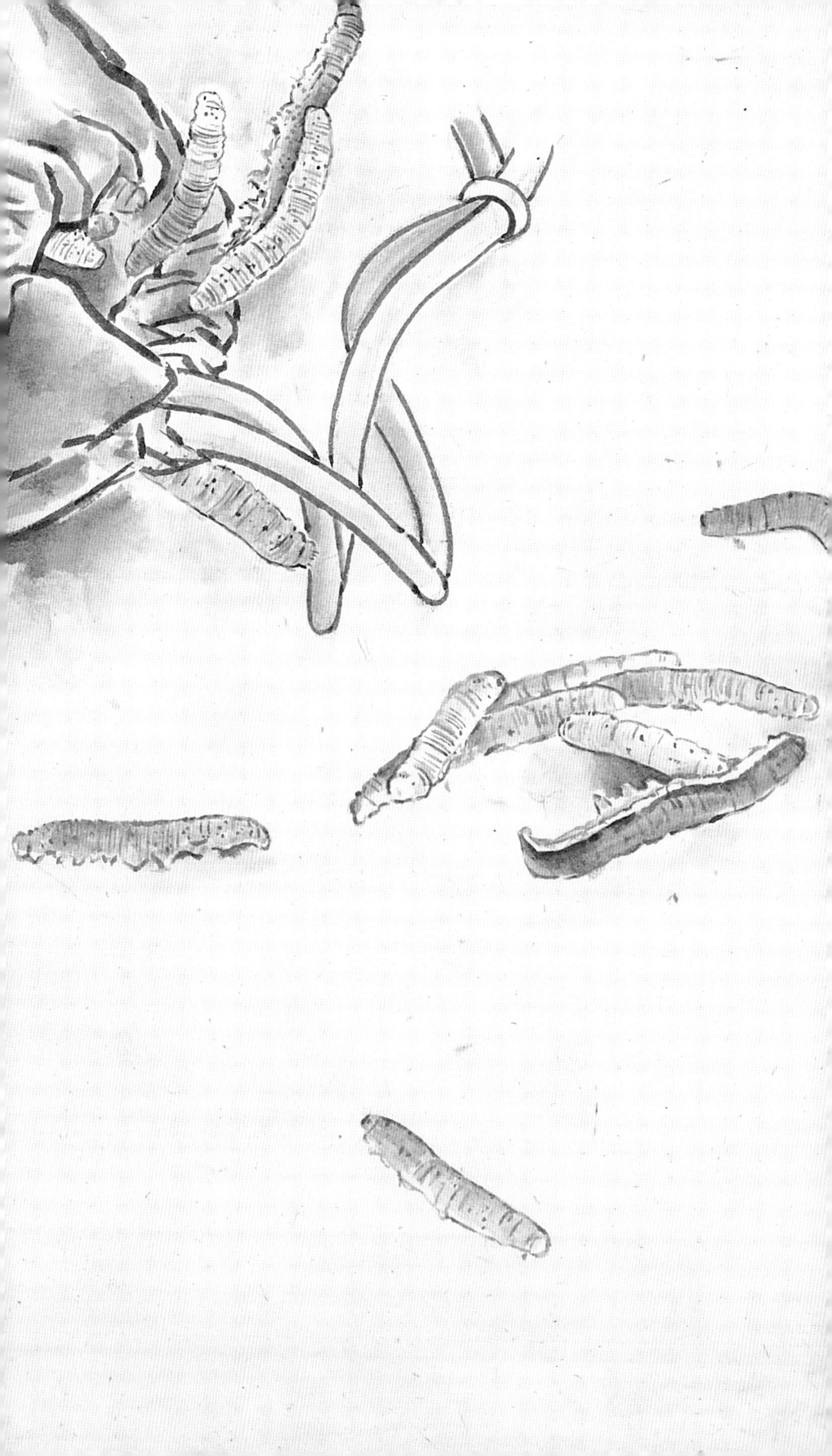

대나무, 142x128cm, 종이에 수묵, 2022

이강 眞, 95X60cm, 종이에 채색, 2022

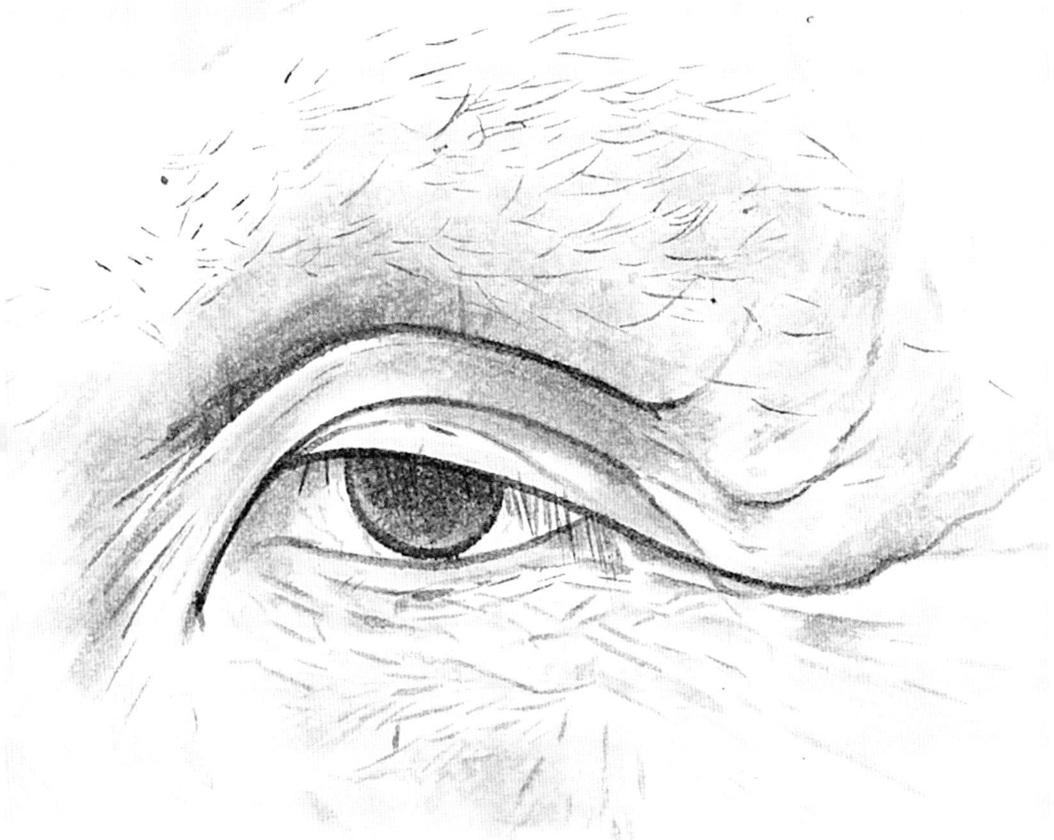

생멸, 141X74cm, 종이에 수묵, 2022

감을 수 없는 눈, 141X74cm, 종이에 수묵, 2022

새길, 198X138cm, 종이에 수묵, 2023

함께 가자. 우리 이 길을, 88X58cm, 종이에 수묵, 2022

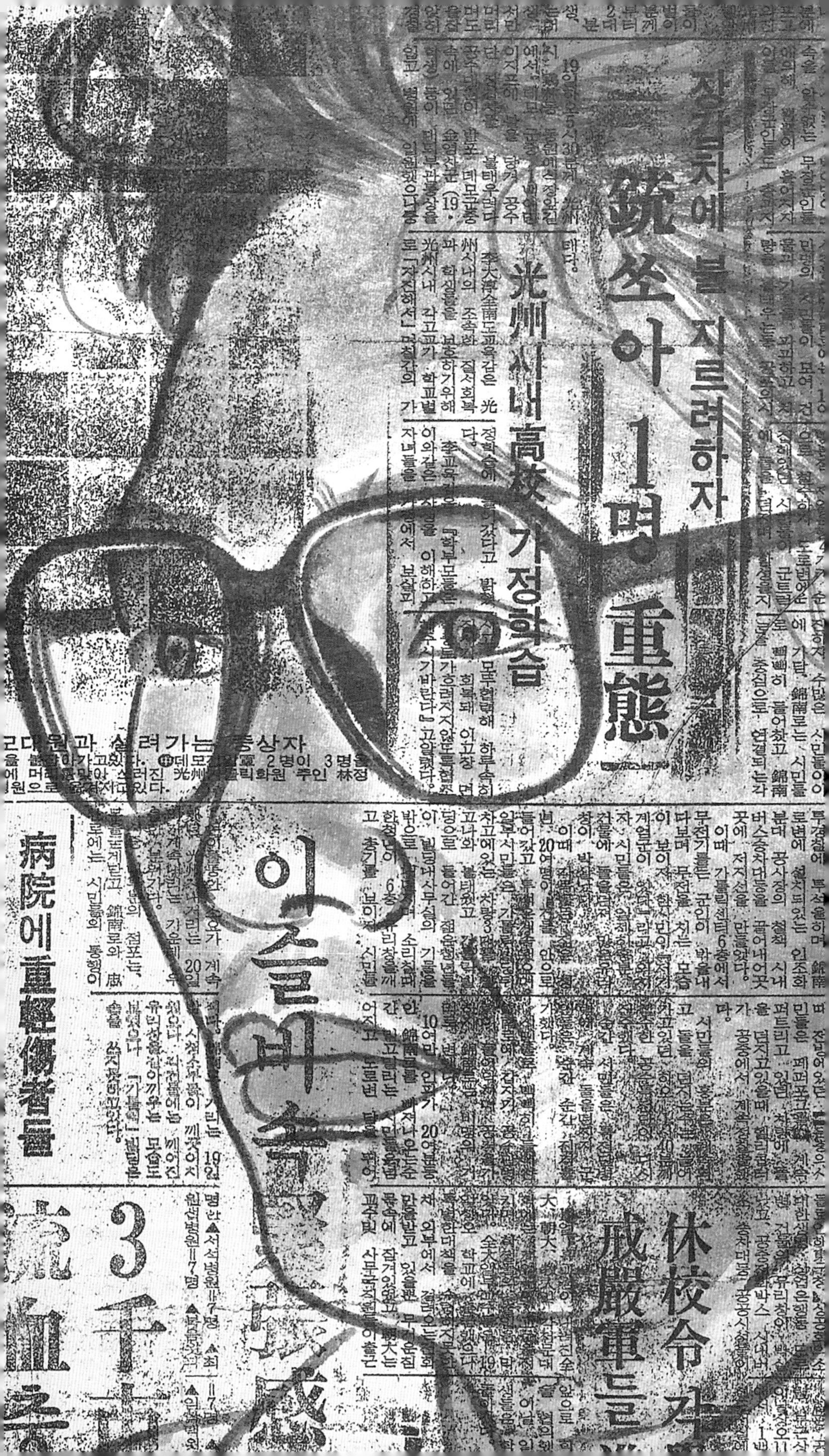

장갑차에 불지르려하자
銃쏘아 1명 重態
光州시내高校 가정학습
病院에 重輕傷者들
休校令
戒嚴軍들

향기를 풍기지 않는 향기가 있습니다, 87X59cm, 종이에 수묵, 2016

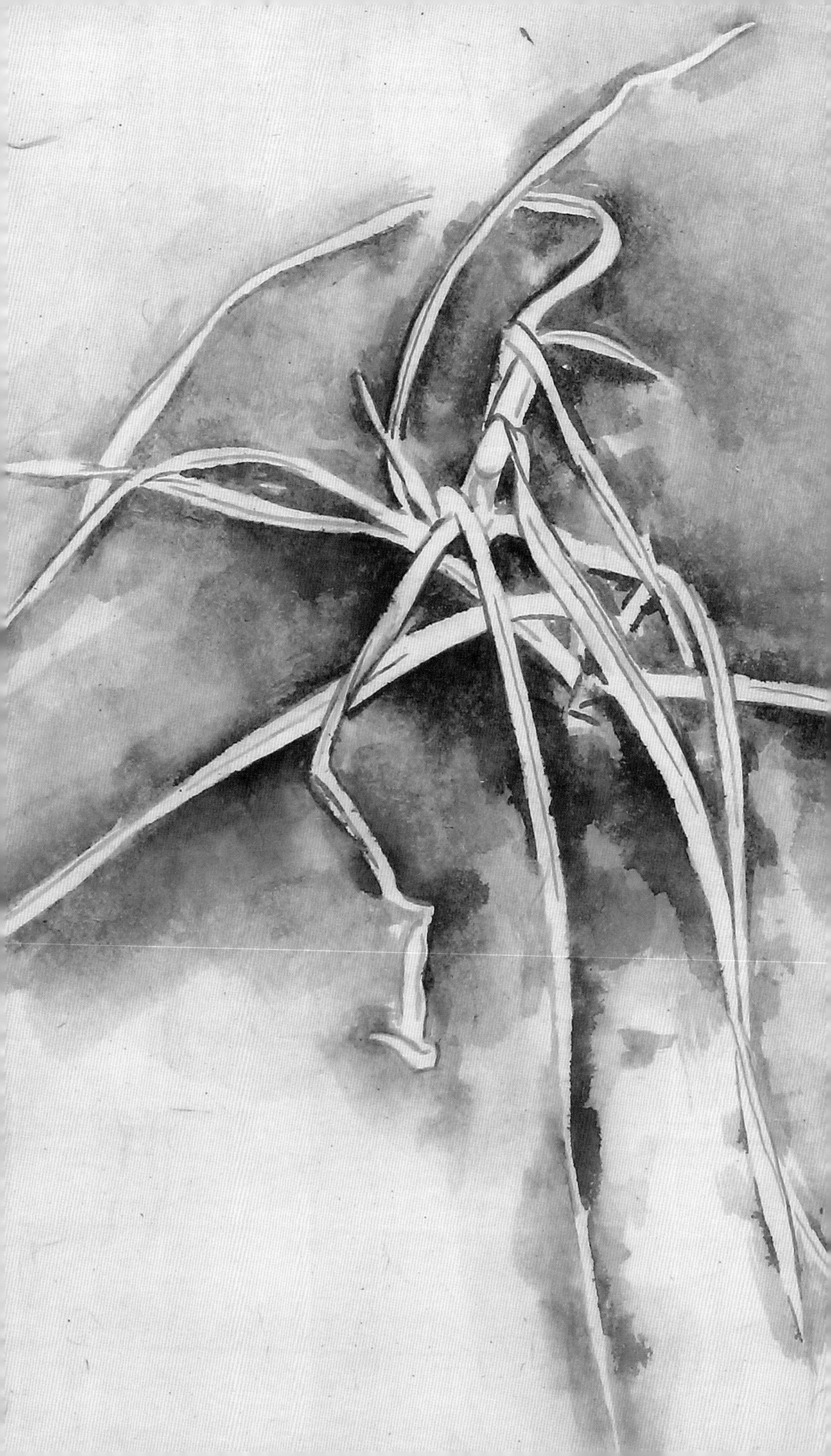

바람 란, 183X93.5cm, 종이에 수묵, 2021

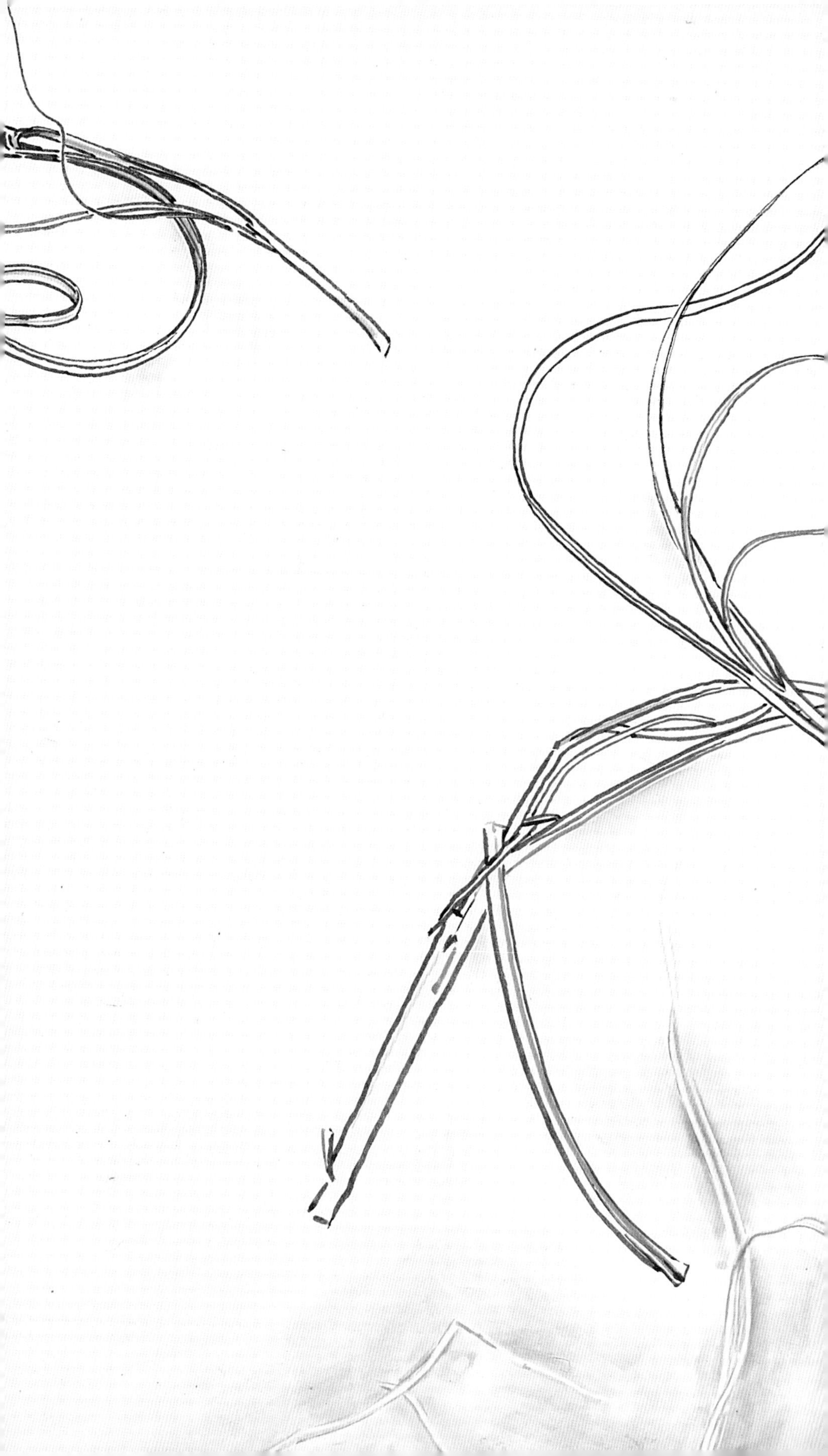

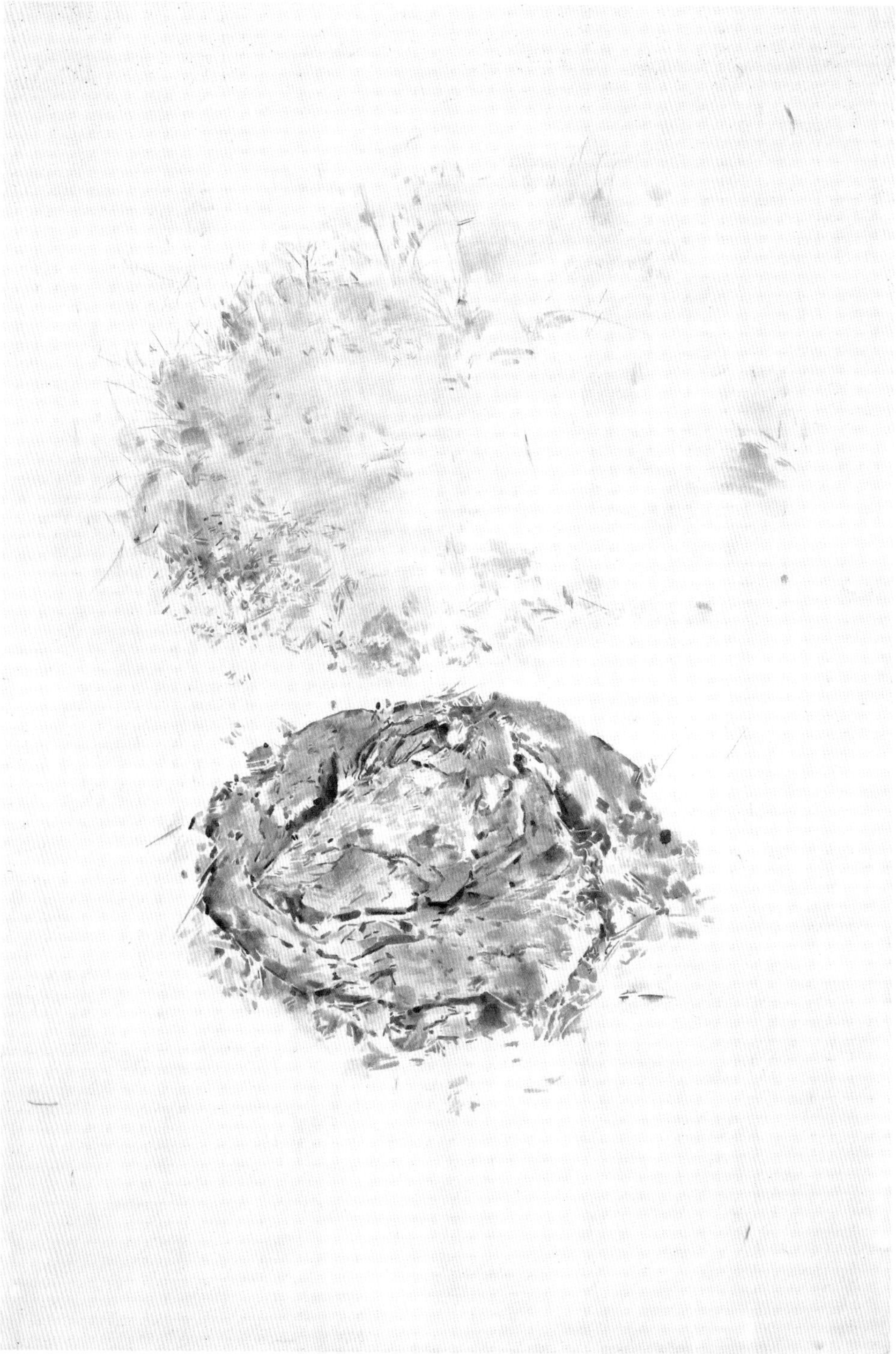

버려지는 것? 소똥, 89X60cm, 종이에 수묵 담채, 2020

생성, 141X74cm, 종이에 수묵, 2021

바람 뜰1, 95X186cm, 종이에 수묵, 2022

구름 똥, 95X 186cm, 종이에 수묵, 2022

붕어 한마리, 74X141cm, 종이에 수묵 담채, 2020

생명수1, 74X141cm, 종이에 수묵, 2020

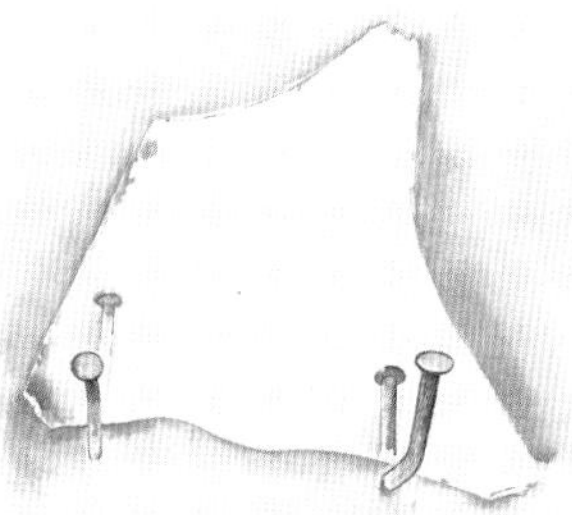

가난한 행복, 186X95cm, 종이에 수묵, 2018

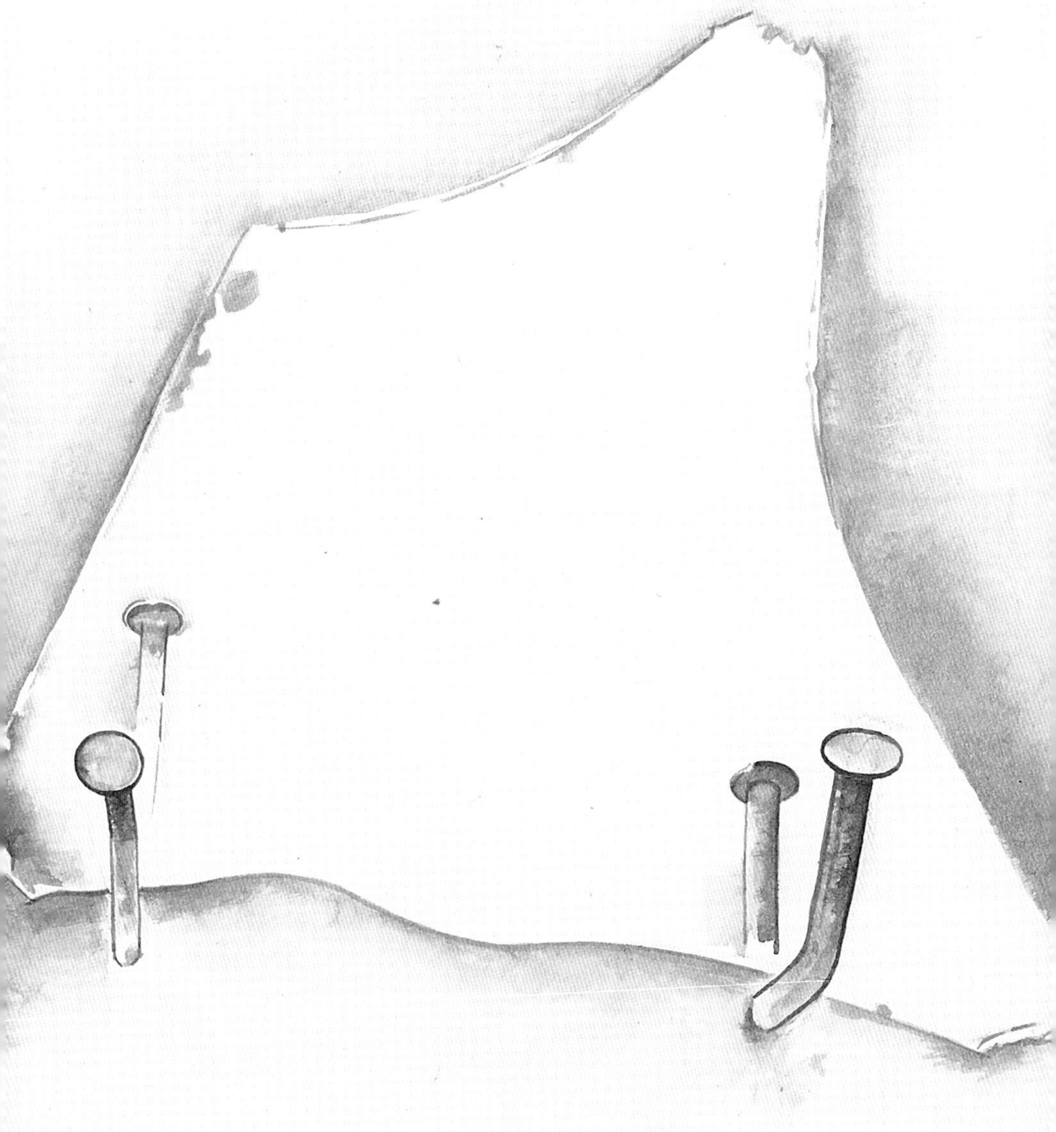

공생, 185X93.5cm, 종이에 수묵, 2018

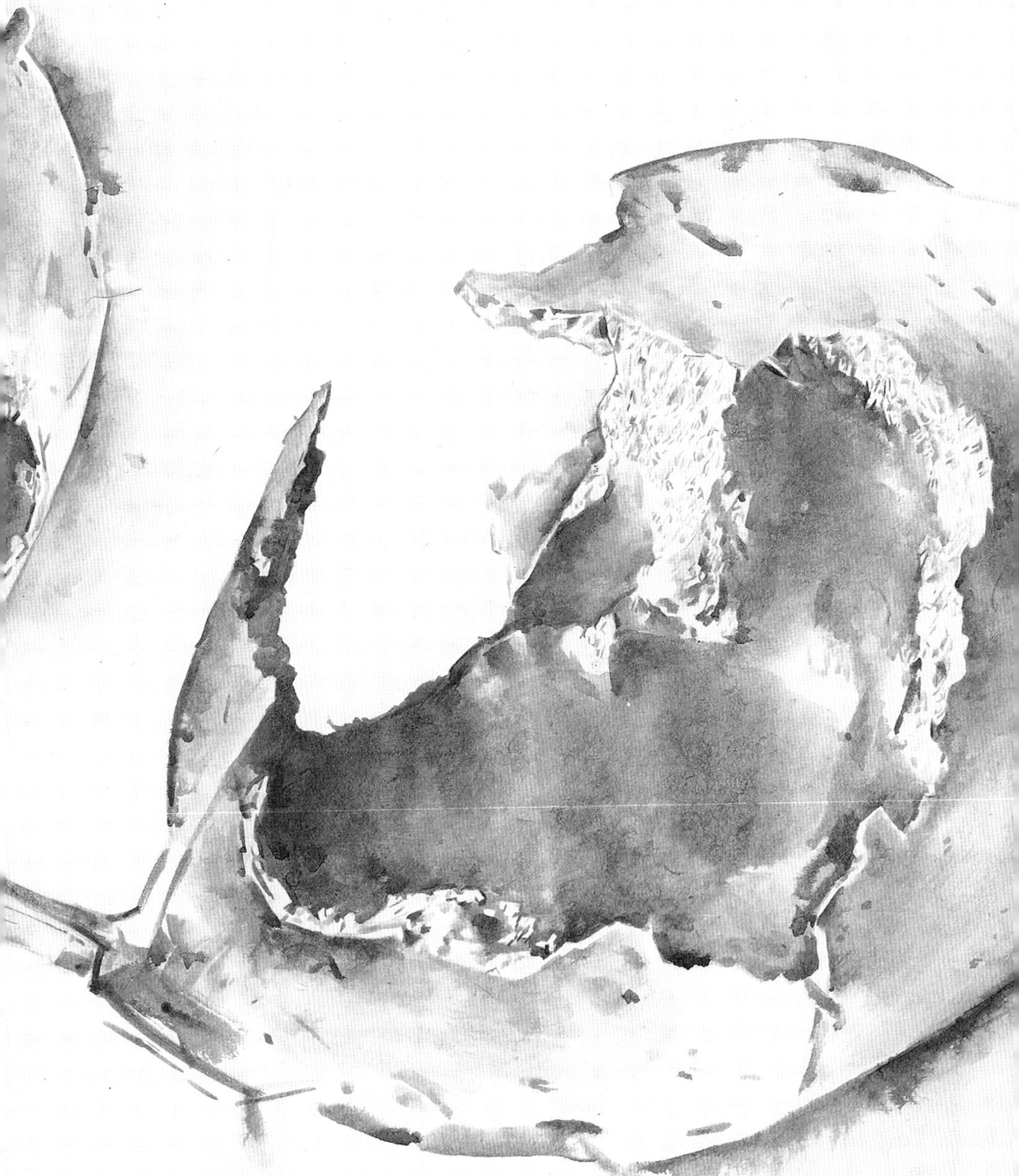

중심잡기, 185X93.5cm, 종이에 수묵, 2022

무등산 진돗개, 198X138cm, 종이에 수묵, 2023

숨, 171X74cm, 종이에 수묵, 2022

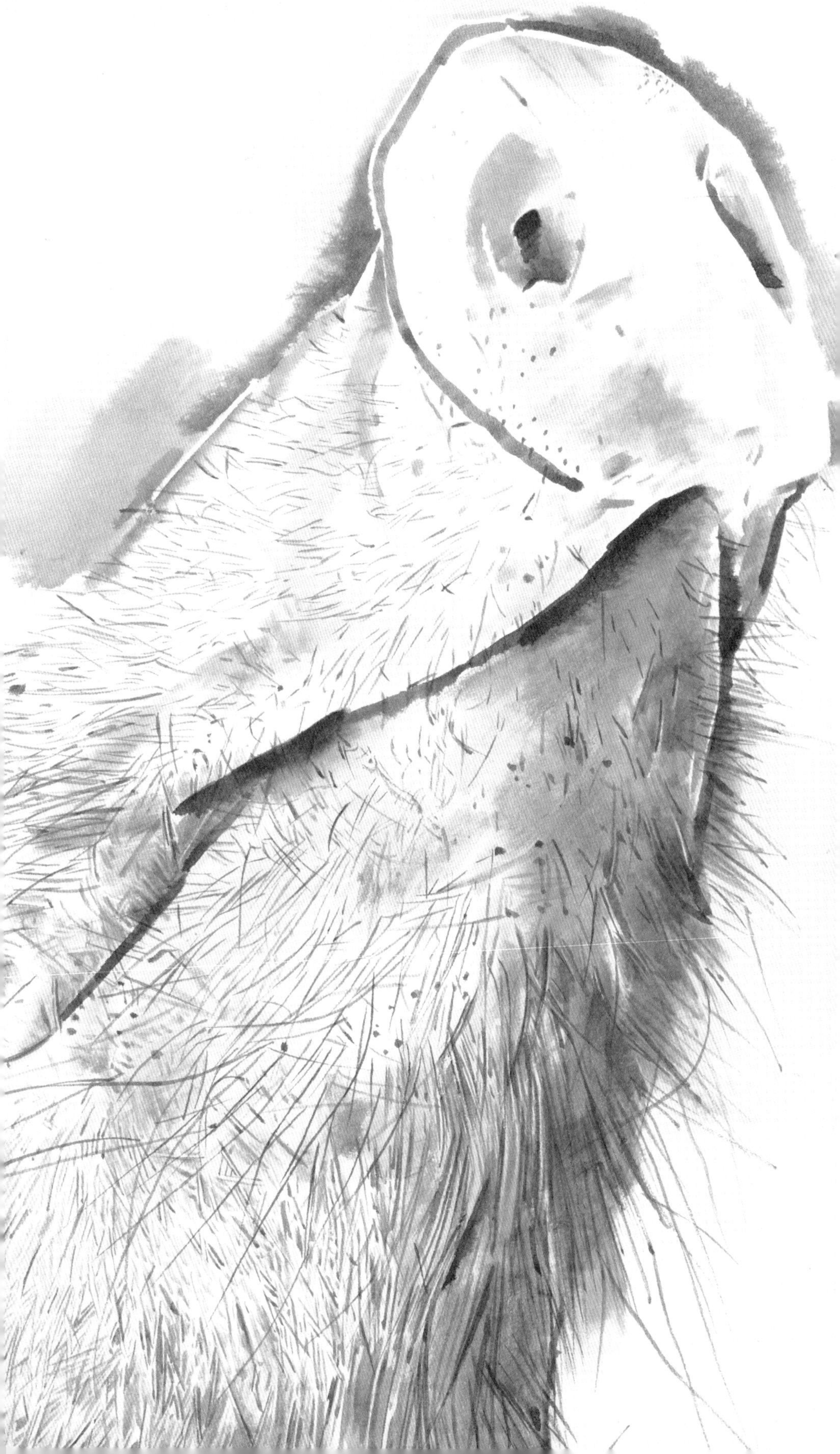

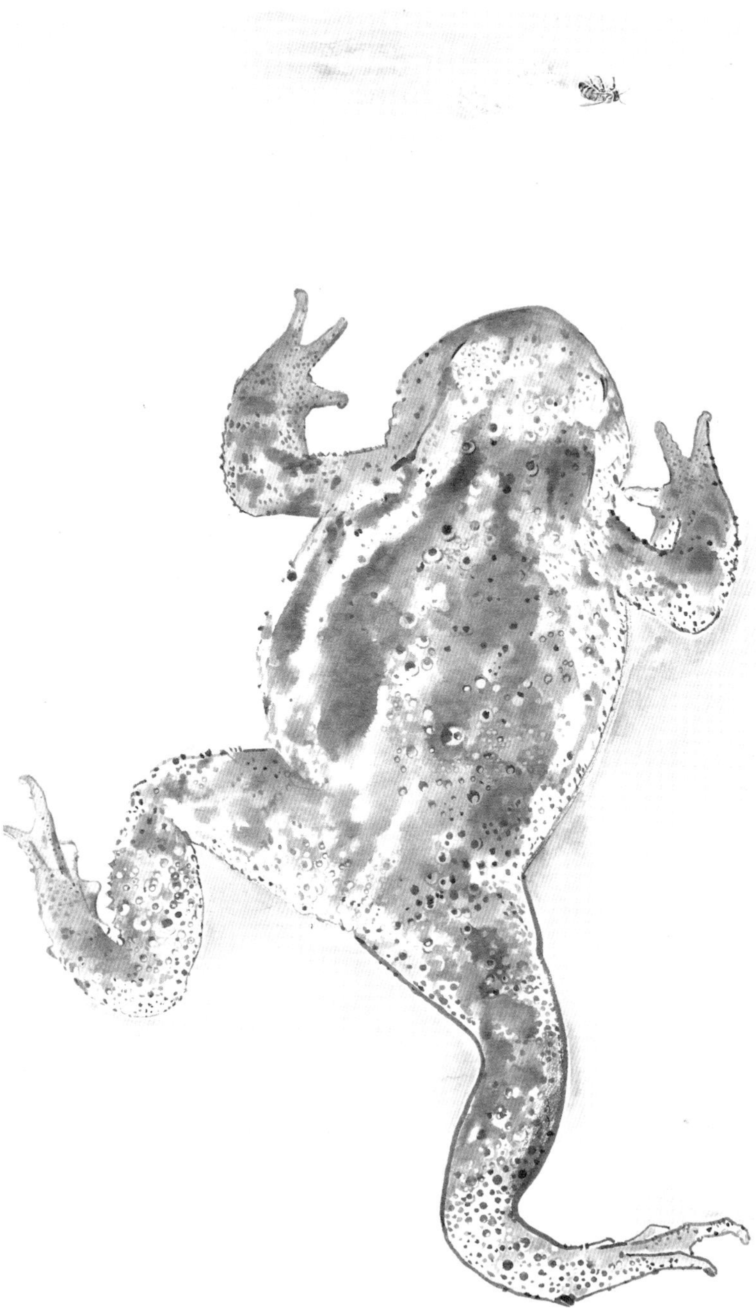

두꺼비, 141X74cm, 종이에 수묵, 2022

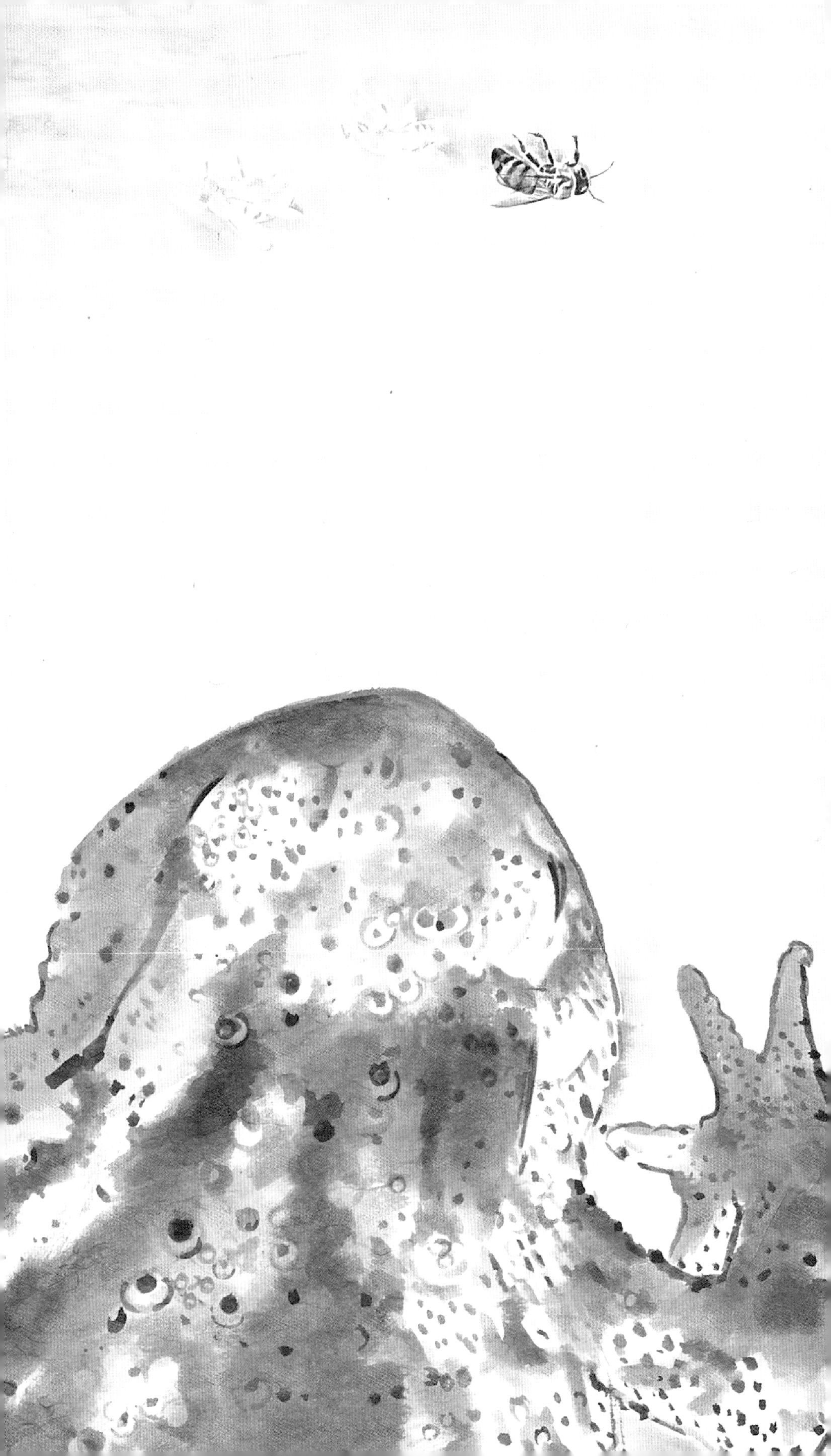

두꺼비2, 141X74cm, 종이에 수묵, 2022

두꺼비3, 141X74cm, 종이에 수묵, 2022

두꺼비4, 141X71cm, 종이에 수묵, 2022

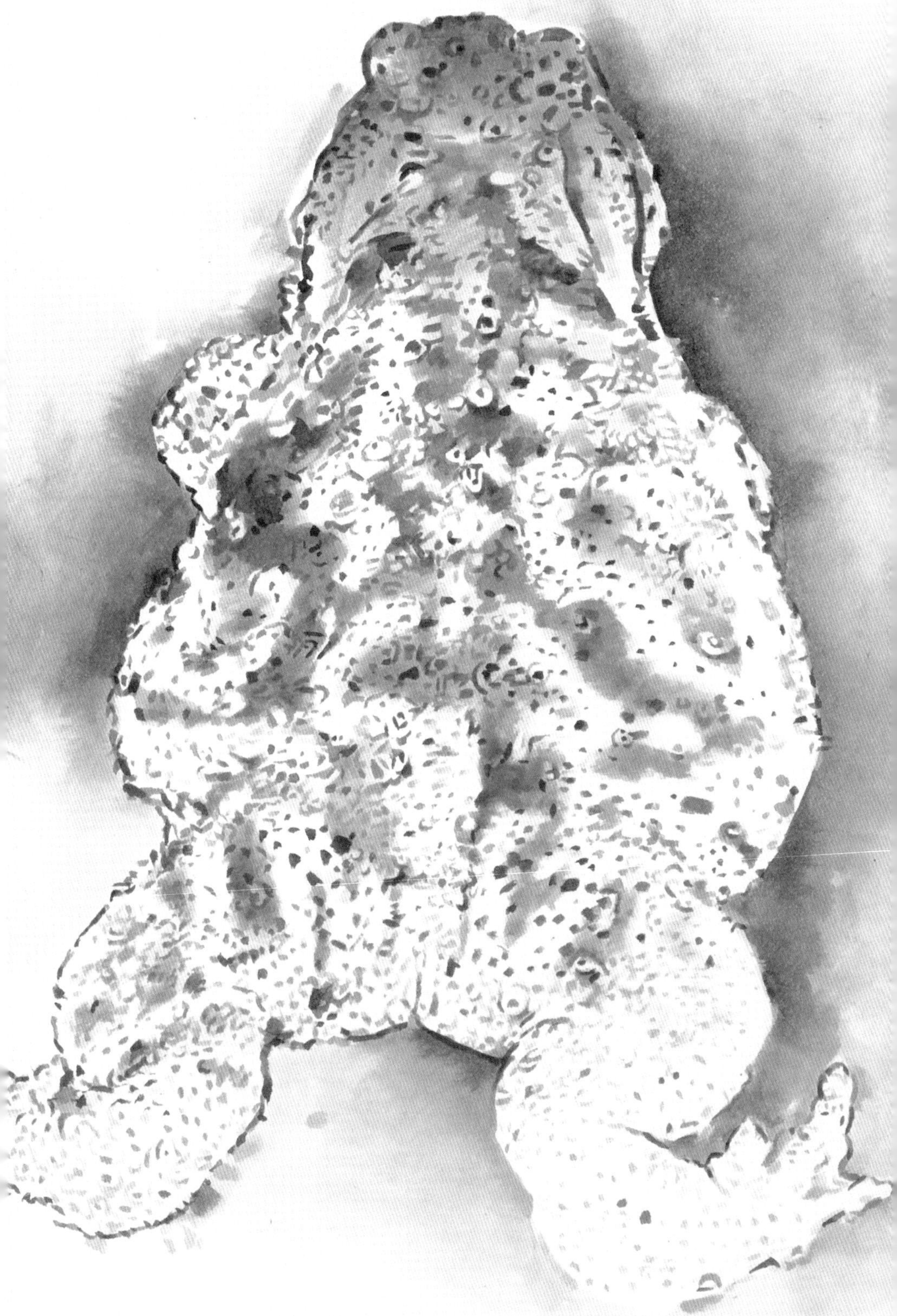

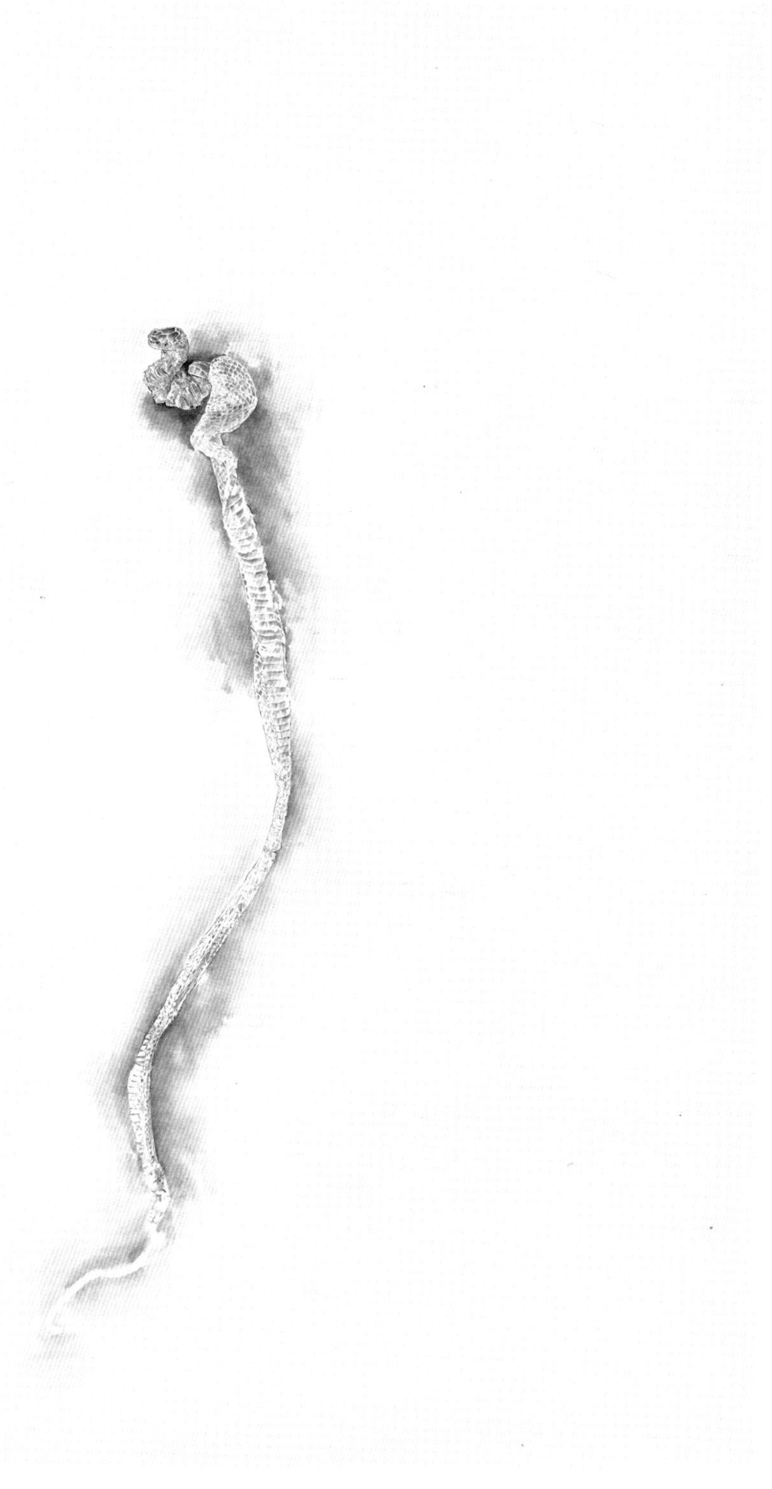

허물, 141X74cm, 종이에 수묵, 2022

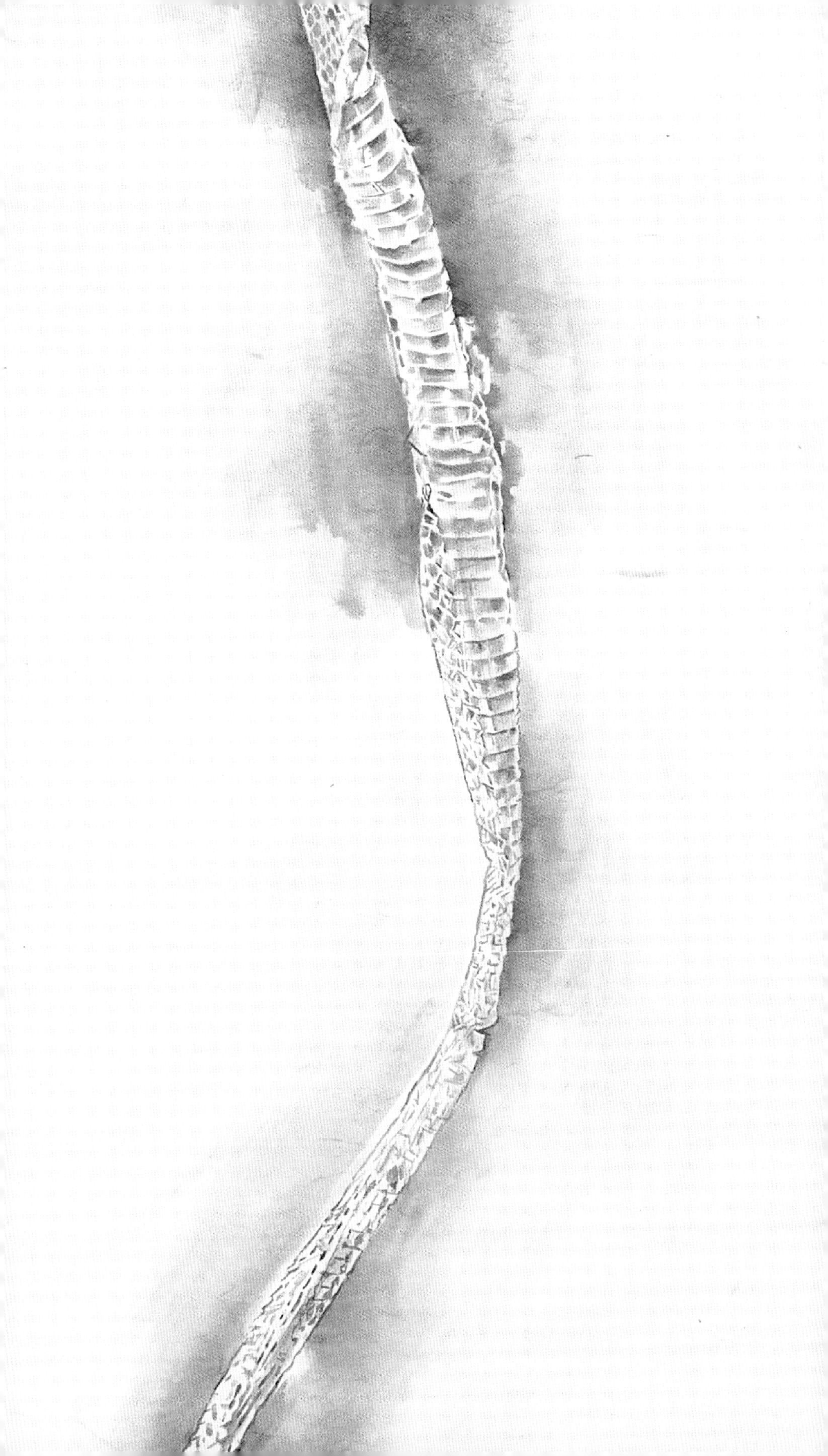

돌의 기억, 141X74cm, 종이에 수묵, 2021

쥐구멍, 141X74cm, 종이에 수묵, 2020

쥐구멍2, 141X74cm, 종이에 수묵, 2021

홍백 탈, 141X74cm, 종이에 수묵 담채, 2021

이강에게 진 빛

트라피스트 수녀원

장요세파 수녀님

1972년 10월 17일, 박정희 대통령이 비상사태를 선포하였다. 전국에 계엄령이 내려졌고 국회는 강제 해산되었으며, 유신헌법이 기존의 헌법을 대신하였고, 이에 따라 대통령 직선제가 폐지되고 대통령 연임제한제도 사라졌다. 박정희는 민주주의에서는 있을 수 없는 장기 집권을 추구하고 있음이 분명했다.

박정희 유신체제에 대한 최초의 저항이 광주에서 터져 나왔다. 민주화 함성이 터지기 전 「함성」이라는 유인물이 배포되었는데, 위 비상사태가 선포되고 두 달이 채 못된 12월 9일 즈음이었다. 우리가 알고 있는 시인 김남주와 그의 해남중학교 동창 이강 두 사람의 작품이었다. 김남주는 당시 해남에 내려가 있다가 라디오로 비상사태 선포를 듣고는 타오르는 분을 참지 못하고 광주 이강의 자취방으로 달려갔다. 바로 그날 두 사람은 정읍 동학혁명 전적지를 찾았고 그 자리에서 이 나라를 위해 유신독재에 맞서 싸워야 한다는 사실에 마음을 같이 하였다. 그리고 「함성」이라는 유인물을 제작하기로 하였다.

지금이야 프린터로 인쇄하면 한순간에 끝나지만 당시는 등사기로 밀어 인쇄할 수밖에 없었다. 비용 충당을 위해 지인들에게 사정을 설명하자 같은 대학 동기 이경순과 강희순은 자신의 손가락에 낀 반지마저 빼내 주었고, 전남대학교 학생이었던 두 사람의 필체로 인쇄하면 시험지의 필체로 금방 들통이 날 것을 염려하자 이강의 동생 이정과 이황이 작업을 도왔고 이 두 동생은 5·18 당시 끝까지 항쟁에 참가하였다.

이들은 유인물 1회로 결국 잡혀들어가 한 달 동안 모진 고문을 받고, 유인물 한 장으로 국가 체제전복을 시도한다는 '반국가 단체 구성 예비음모죄'라는 엄청난 죄목으로 징역 3년을 선고받았다. 이 '함성지 사건'을 계기로 광주에서는 저항 세력이 집결되기 시작하였다. 5·18은 이미 여기서 시작되었던 것이다. 전남대학교를 중심으로 조직적이고 본격적인 움직임이 터져 나왔다. 5·18은 결코 한순간의 분노가 아니었다.

전남대의 이 움직임과 서울 대구 등지 대학생들의 유신체제를 향한 반대 운동은 '전국민주청년학생총연맹민청학련'이라는 확고한 조직도 없이 들불처럼 일어났던 대학생들의 항거였다. 박정희는 이 학생들을 200여 명가량 체포하였고, 모진 고문과 함께 최고 15년형을 선고함으로써 세상에 '민청학련 사건'이 유명해지게 되었다. 이때 '민청학련 사건' 최후 변론에 나선 강신옥 변호사는 "유신헌법은 비민주적인 악법이다. 피고인석에 있는 저들과 함께 재판을 받고 싶을 정도의 심정이다."라고 발언했다. 이 말을 들은 중앙정보부 요원들은 재판장에서 강신옥 변호사를 체포하였고, 그는 징역 10년형을 선고받았다. 세계 사법사상 유례가 없는 폭거였다.

이강 선생은 그후 '남민전 사건'에 연루되어 15년형을 선고받고 수감 중 5·18민주화운동이 발발하여, 그는 그 현장에는 없었다. 캄캄함이 온몸을 물들일 듯 어둡던 시절, 그 캄캄함 속에 빛과 같은 사람들이 있어 이 야만의 시대는 야만으로 끝나지 않았다. 위의 역사

흐름 속 수많은 이름들을 다 여기서 거명할 수 없으나 우리는 그분들에게 평생을 다해도 갚을 수 없는 빚을 지고 있다.

광주가 진 빚, 142x72.5cm, 종이에 수묵, 2023

이 그림 〈광주가 진 빚〉을 보라. 누군가 부르는 듯 그는 뒤를 향하지만 완전히 몸을 돌리지 않고 부르는 사람의 정체를 확인하고선 곧바로 지금까지 가던 자신의 방향으로 몸을 돌리는 모습을 김호석 화백은 그림으로 저리 생생하게 묘사해 놓았다. 그림자인 듯 이중으로 덧그려진 몸을 돌리는 자세는 참 절묘하다. 그의 업적을 보건대 사실 민주화라는 이름의 방향으로는 꽤나 쓰임새가 있어 보이니 여기저기 집적대거나 정치계의 노골적인 손짓도 없지 않음이 틀림없을 것이다. 그는 민주화의 길 그 부름 외에는 몸을 돌리지 않았고, 그가 가던 발걸음을 돌리지 않았다.

그럼에도 그는 자신의 삶이 어떤 대가로 보상될 것이라는 생각조차 품지 않는 이 시대에 아니 과거 시대에도 찾아보기 드문 기인이요, 훌륭한 인품의 소유자였다. 그래서 이 시대는 그에게 더 큰 빚을 지고 있다. 아무것도 받지 않은 그가 이 시대에 내놓은 큰 보따리를 우리는 과연 어떻게 다루고 있는지 우리 자신에게 묻지 않을 수 없게 한다. 오히려 그의 보따리는 지금도 더 커져 가고 있다. 그 보따리를 감당해내려면 우리도 커져야 함이 당연한 귀결이리라.

이강 眞, 95X60cm, 종이에 채색, 2022

선생의 평생을 뒤돌아보는 일 한 번 없이 한길로만 걸어 온 삶은 그 자체로 민주화의 역사가 되었다. 그의 걸음은 쉼없이 이어져 수많은 민주화 사건에 말 그대로 몸과 마음 통틀어 일생을 바친다. 그는 자신이 걸어온 삶이 보상을 받아야 할 것이라고 생각할 법도 하거늘, 전혀 그런 기색조차 없다는 것이 그를 지켜본 사람들의 증언이요, 더 나은 세상이 된다면 그것이 보상이라고 생각하는 듯하다고 한다.

「함성」지 이후, 자신의 발전을 위해서 단 하루의 시간도 쓰는 일 없이 오직 이 나라의 민주화를 위해서만 자신을 바치며, 인간이라면 누구에게나 당연하고 기본적인 일인 노후의 삶을 위한 준비조차 하지 않는 담대함과 큰 그릇은 아무나 흉내 낼 수 있는 것은 아니리라.

몇 번의 감옥생활과 무엇보다 늘 가까이서 맴돌던 죽음의 위협을 넘어온 그의 삶을 생각하면 미안함과 고마움에 저절로 목이 메어온다. '민청학련 사건'과 깊은 연관이 있던 '인혁당 사건' 연루 사람들이 하룻밤 만에 사형을 당하는 일을 보고서도 그는 자신의 길에서 물러서지 않았다. 수도자들이 평생 걸쳐 수행하는 자신의 삶과 죽음을 내려놓는 일을 그는 젊은 나이서부터 마치 자신의 옷인 듯 자연스럽게 입고 살아왔다.

하지만 그 역시 사람인 이상, 보통의 인간들이 느끼는 두려움과 공포가 없을 수가 없었으리라. 그 두려움마저 넘어서는 더 좋은 세상을 향한 그의 열망의 크기가 과연 어느 정도였을지 짐작하면 그 뜨거움이 나에게로 불붙어옴이 느껴진다. 그는 자신의 업적을 넘어 인품으로도 이 시대에 말을 걸어온다.

어떤 텔레비전 프로그램에서 '이강 특집' 대담을 보았는데, 설명이 없다면 그의 모습은 모진 고문으로 한 눈 실명하고 죽음의 고비를 넘나든 사람이라고는 느껴지지 않았다. 온화한 모습, 부드러운 눈웃음과 함께 둥글고 높은 코는 마치 복된 생을 보낸 사람인 듯 여유가 있어 보였고, 지나간 과거 일을 풀어놓는데도 마치 동네일을 이야기하듯, 옆집 사람에게 인생사 풀어내듯 그렇게 담담할 수가 없었다. 당한 일에 대한 억울함이야 당연히 찾아볼 수 없었고, 고문한 이들에 대한 원망이나 미움도 눈녹듯 사라져 버린 모습이 대담에서 감지되었다. 심지어 어찌 보면 담담하기가 남의 일을 대신 전해 주는 사람의 모습이었다.

수행자가 자신과의 싸움, 그 격렬함을 넘어서고 자신이나 이웃, 세상의 모습에 환해져, 이제 평화의 길에서 사람들에게 치유와 안식을 줄 수 있는 사람이 된 그런 모습을 선생에게서 찾아볼 수 있었다. 수행자가 자신의 길 끝에 다다랐을 때 보이는 여유만도 아니고 힘만도 아닌 두 가지를 동시에 품게 된 사람의 모습이 내 앞에 있었다.

그렇기에 사람들은 힘겨운 일이 생기면 그의 품을 찾아들고 어려운 일이 생기면 그의 도움을 청한다고 하며, 그는 이를 거절하는 법이 없다고 한다. 대담에서 보이는 모습 그대로다. 그런 그의 인품을 푸른 눈 하나로 잡아내었다. 참 기발하고 대담하며 절묘한 것이 역시 김호석 화백이라는 말이 나오게 한다. 저 푸른 빛은 쪽빛으로 화백이 특허를 낸 쪽 물감으로 그린 것이다. 쪽으로 염색하기는 쉬워도 그것을 물감으로 만들기는 쉽지 않아, 화백이 오랜 세월 연구를 거듭한 끝에 방법을 찾아내어 특허를 내었다고 한다.

우리는 정신의 맑음을 "눈이 푸르다"는 은유로 표현하곤 하는데, 이 표현이 이렇게 찰떡같이 맞는 사람을 접하는 것은 그 자체로 복이라 할 수밖에 없다. 직접 뵌 일 한번 없이 글로 쓰는 데도 마음이 가득해져 오는 그 풍요로움을 어찌 쉽게 다른 데서 기대할 수 있으리. 그의 푸른 눈이 있어 민주화운동의 단초가 잡혔고, 그의 인품이 있어 그길에 선 사람들을 품을 수 있었고, 그의 배짱 두둑함 덕분에 그 고난의 길에서 돌아섬 없이 민주화의 길이 열렸던 것이니, 그의 진영으로 전신을 그릴 필요 없이 푸른 눈 하나로도 충분함을 알고도 남음이 있다.

너는 알지 못한다, 143x74cm, 종이에 채색, 2021

광주 출신 구속자들은 구치소에서 '까마귀'로 통용되었다. 이들은 서울 출신 수감자들보다 집안 형편이 어려웠기 때문에 한복을 들여오지 못하고 새까만 관복을 그대로 입었다. … 어느 날 윤한봉은 영치품으로 한복을 받았다. 그러나 자신이 그 옷을 입고 나가면 함께 구속된 동지들이 더 외로울까 생각해, 입지 않았다. 알고 보니 광주 활동가들이 '까마귀'라 불린다는 소식을 듣고 관련자 중 한 명이자 이제는 현대사 연구의 권위자인 서중석(서울대)의 형이 광주 전남 관련자 전원에게 넣어준 영치품이었다. 그날 재판을 받고 있던 관련자들은 모두 같은 마음으로 한복을 입지 않고 나왔다. 참으로 아름다운 사람들이었다.

- 김동규, 〈오월, 그날이 오기까지〉 중에서

"너는 알지 못한다"라는 제목을 보는 순간 위의 글이 떠올랐다. 아마 이강도 저 구속자들 중 하나였으리라 짐작된다. 그들은 투사가 아니었다. 세상을 보는 눈이 아름다운 사람들이었다. 민주화운동을 하다 정치로 빠진 이들을 보면 위의 글은 도통 공감이 되지 않는 면도 사실 없지 않다.

"이제 이기는 쪽에서 싸우겠다." 자신이 싸우던 편으로 넘어간 이들은 자신이 민주화운동을 하던 시절에 했던 말을 180도 뒤집는 말을 아무렇지도 않게 내뱉는다. 어떻든 내 청춘을 저당 잡혔으니 그에 걸맞은 보상과 대우를 받아 마땅하다는 자세는 오히려 사람들에게 거부반응을 일으키고, 민주화운동이 무슨 벼슬이냐는 말까지 나오게 만들었다.

내 개인의 생각으로는 물론 국가가 이렇게 투신하는 이들에게 정당한 보상을 하는 분위기가 된다면 세상이 좀 더 살기 좋게 된다는 면에서는 대찬성이지만, 당사자들이 마치 당연한 일인 듯 주장하는 모습은 추해 보이기까지 한다는 것도 사실이다.

이강 선생의 오른쪽 눈이 실명되고 왼쪽만 남은 것 자체가 하나의 상징이다. 왼쪽이라면 빨갱이, 싸움꾼, 심지어 국가 전복자들로 통용되던 시절도 있었다. 좌파가 아닌 이 왼쪽은 수도자이자 그리스도인인 저의 입장에서 보면 바로 예수 그리스도의 보는 방향이요, 머무는 자리라 보인다.

위에 든 예처럼 그들은 먼저 누구보다 인간을 아끼고 동료를 사랑하며 그들과 같은 입장에 설 수 있는 사람들이요 버림받고 가난하고 낮은 신분에 있는 이들을 아낄 줄 아는 사람들이었다. 그래서 이강은 5·18광주민주항쟁 후 본격적으로 농민운동에 뛰어든다. '함평 고구마 사건'에서 그는 농민들과 함께 단식투쟁을 하고, 전례 없이 보상금을 받아내는 일을 해낸다. 많은 이들이 전면에 나서지 않으면서도 조금의 물러섬도 없는 그의 뚝심과 지도력 덕분이라고들 한다.

그는 확실히 좌파가 아닌 왼쪽이다. 부유한 이들, 공부 많이 한 이들, 사회적 지위가 높은 이들이 속한 오른쪽은 부러워하지도 않는 자긍심 강한 왼쪽이요, 왼쪽의 가치를 제대로 아는 사람이다. 예수는 부활 후, 중심인 예루살렘이 아니라 갈릴래아로 먼저 가겠다고 여인들에게 말씀하셨다. 변두리 사람, 경계 밖에 있는 사람, 낮은 사람들이 있는 낮은 자리, 빈 자리야말로 참인간이 되는 자리임을 그는 간파한 듯이 보인다. 그는 선택적으로 왼쪽에 머무는 왼쪽 사람, 오른쪽 눈은 아예 없는 사람이다. 왜냐하면 오른쪽은 가는 이들도 많고, 보호하는 이들도 많아 굳이 누군가 찾지 않더라도 넘치고 넘치는 곳이기 때문이다.

이강은 얼굴에서 눈만 남은 사람, 그것도 한쪽 눈만 남은 사람으로 그려져 있고, 그 제목은 〈나는 본다〉이다. 그리고 다른 하나의 그림은 〈내가 너다〉라는 제목으로 이강의 모습 전체가 생략 없이 그려져 있다. 아마도 앞의 〈나는 본다〉에서 이강은 자신을 너무도 비워 눈만 남은 모습이 아닐까 혹은 코 입 귀 머리카락까지 사라지고 희미한 자국만 남아있어도 모든 것이 선명한 사람들보다 더 충만한 생명임을 드러내는 것일까?

나는 본다, 143x74cm, 종이에 수묵, 2021

내가 너다, 143x74cm, 종이에 수묵, 2020

다른 곳에서도 썼지만 이강은 한쪽 눈 실명으로 왼쪽 눈으로만 세상을 본다. 그래도 그는 두 눈 멀쩡한 사람보다 더 깊이 사물을 들여다본다. 여기서 『요한복음』 속 예수가 바리사이인들에게 "너희가 볼 수 있다 하니 너희는 실제로는 맹인이다." 하신 말씀이 떠오른다. 우리는 사실 사물을 제대로 보지 못한다. 어떤 사람이 사고로 실명을 하고 오히려 그후 그림을 그리게 되는데, 그가 가장 먼저 느낀

것은 어떤 사물도 제대로 본 것이 없어 기억을 해낼 수가 없다는 것이었다.

그리스도교 수행의 길에서 자유로의 길의 첫걸음은 자신이 볼 수 없음을 보는 것이다. 볼 수 있다고 생각하는 사람은 자신의 범위 밖의 보이지 않는 세상은 결코 볼 수 없다. 그러나 자신이 보는 세상이 얼마나 좁은지 깨달은 사람은 자신의 경험의 세계에 갇혀서 보지 못했던 새로운 세상을 볼 수 있게 된다. 인간의 유한함이나 상처, 약함은 결코 약점이 아니다. 오히려 다른 세계로 들어가는 문이 되어준다.

이강이 본 새로운 세상, 대동 세상, 모두가 함께 손잡고 약한 이들을 앞에 세우는 그런 세상을 우리 모두가 보았으면 좋겠다. 두 눈 멀쩡하게 뜨고도 못 보는 우리를 부끄럽게 할 뿐이다.

위와 반대로 〈내가 너다〉는 이강을 바라보는 사람들이다. 아마도 크게 두 부류로 나뉘지 않을까 싶다. 그에게 고마워하는 사람들, 그리고 그를 기피하거나 빨갱이로 보는 사람들. 두 편 모두에게 이강은 한쪽 눈 실명한 사람, 자기라곤 챙길 줄 모르는 바보가 아닐까.

사실 위에서 말한 자유의 길에서 자신이 제대로 보지 못하는 소경임을 알아채기 위해선 스스로 지혜롭다고 생각하는 생각을 버려야 한다. 아니 아예 바보가 되어야 한다. 그런데 바보 되기가 그리 쉽지 않다. 지혜로운 자 되기보다 어렵다는 것이 함정이다. 바보 되기는 저절로 이루어지는 것이 아니라 지속적으로 자신을 버림으로써만 가능하기 때문이다.

이런 이강을 세상 사람들은 제멋대로 자기식으로 바라본다. 그러나 세상이 그를 어떻게 보든 그는 그일 뿐이다. 그 자신 그런 시각에 연연하지 않는다. 자신을 민주화의 거목으로 치켜세우는 시각이나 자신을 빨갱이로 보는 시각이나 그에게는 모두 같은 것일 뿐.

이강 선생이 지금까지도 민주화의 길, 그 한 방향으로 걸어가기를 포기하지 않는 것은 아니 포기할 수 없는 것은 아마도 저 감지 못하는 눈들 때문이리라.

감을 수 없는 눈, 141X74cm, 종이에 수묵, 2022

최후의 항전 날 …… 윤상원은 도청에 남은 청소년들에게 집으로 돌아가 역사의 증인이 되어 줄 것을 부탁했다. "오늘 우리는 패배할 것입니다. 그러나 내일의 역사는 우리를 승리자로 만들 것입니다. 여러분들은 역사의 증인이 되어 주십시오. 내일부터는 여러분들이 싸워 주십시오." 곧 밤 12시가 되었다. 1980년 5월 27일이 되었다.

- 김동규, 〈오월, 그날이 오면〉 발췌

윤상원은 바로 그 밤 계엄군의 M16 총탄에 스러졌다. 과연 그가 눈을 감을 수 있었을까? 피가 모자란다는 말을 듣고 수혈을 하고 나오다 10발의 총알을 맞고 숨진 여고생은 즉사했겠지만 그의 눈은 감길 수가 없었을 것이다. 역사의 증인이 되어야 할 우리들이 제 역할을 못하고 있기에 저들의 감았던 눈마저 도로 떠질 지경이 되었다.

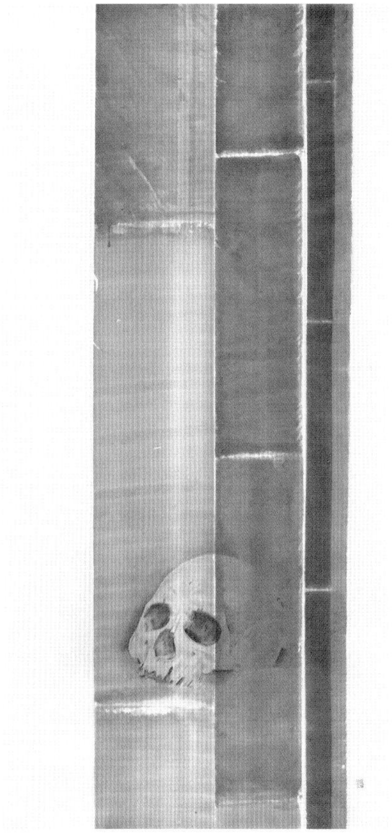
상처가 갖는 기억, 141X 74cm, 종이에 수묵, 2022

"상처 입은 치유자"라는 말이 그리스도교 안에 있다. 이 말은 일반적으로 잘 통용될 수 있는 말이리라. 상처를 입어보지 않은 사람은 생속이라 상처의 고통과 무너짐, 약함을 이해하지도 못하고, 그 가치는 더더욱 알아듣지 못한다. 상처가 그 자체로 의미 있는 것은 아니지만 상처 입은 이가 그 상처 속에서 자신의 약함에 눈뜨고 그 상처로 타자의 상처에 연민을 가질 수 있는 마음이 커지게 되면 그는 다른 이를 치유해 줄 수 있는 사람이 된다.

상처에는 저 제목대로 수많은 기억들이 있다. 특히 역사적 상처 속에 던져진 이들은 그 자체로 역사의 기억이요, 역사 그 자체가 된다. 우리가 역사를 배워야 하는 이유이다. 역사 속에서 상처는 묻고 영광만을 부각시키려 한다면 그는 사기꾼이다. 역사 속 상처의 기억이야말로 우리의 소중한 부분이요, 우리에게 남겨진 과제이기도 하다.

그런 역사는 묻히지 않고 늘 푸른 대나무처럼 늘 싱싱하게 살아 우리에게 말을 걸어온다.

저 뒷모습과 작품 제목, 그리움의 파도가 밀물로 밀려오게 한다. 투사도 많고 민주화 열사도 많지만, 사람을 품고 시대를 품은 선생님이라는 호칭을 진심으로 부를 수 있는 사람은 많지 않다. 이것으로 뭐 비탄할 일이 아닌 것은 어느 시대나 그래 왔기 때문이다. 이기적인 인간이 민주화운동을 한다고 한들 그 이기성에서 벗어나 참으로 세상과 사람을 품어내기가 쉽지는 않기 때문이다.

민주화운동에서만이 아니다. 어떤 업종, 업계 심지어 종교인들 사

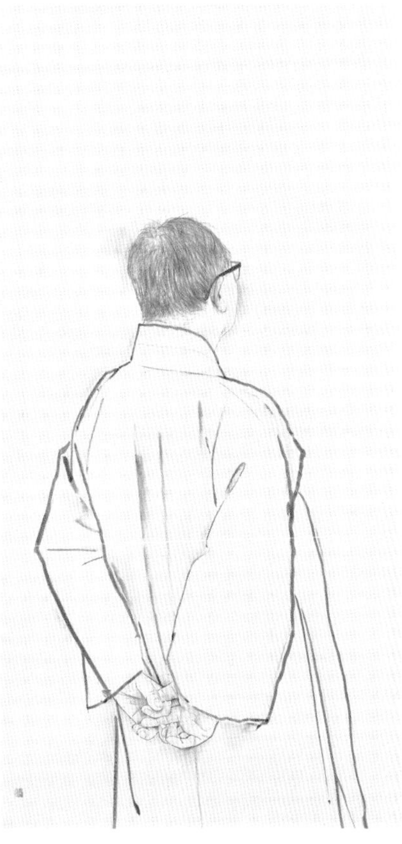

자유인-세상을 품다, 142X72.5cm, 종이에 수묵, 2023

이에서도 세상과 사람을 품어낼 사람을 만나는 일은 쉽지 않다. 그 선생님이라는 호칭을 그리움을 담아 부를 수 있는 사람, 이강, 감히 이분에 대해 몇 자 쓸 수 있는 사실 그 자체가 영광이다.

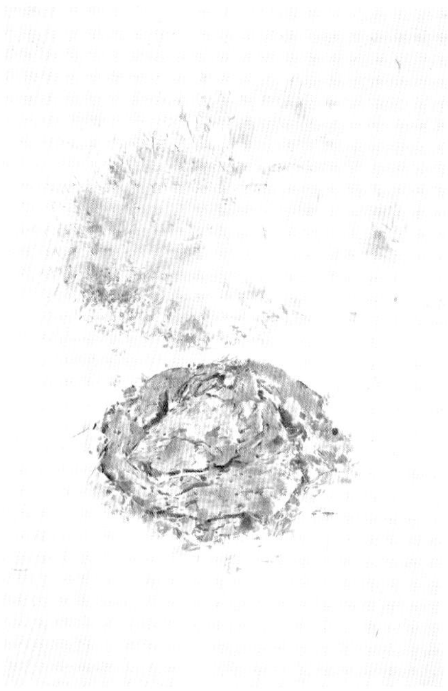

버려지는 것? 소똥, 89X60cm, 종이에 수묵 담채, 2020

똥은 더럽다. 무조건 치워야 한다. 가까이 둘 수 없다. 냄새난다. 쓸모없다. 쓰레기로조차 짜증스럽다. 이 말을 부정할 사람은 많지 않을 것이다. 단지 농사를 지어본 분은 "아니오, 아니오"라고 고개를 가로저을 것임이 틀림없다.

비료와 농약이 모든 역할을 다 하는 요즘 농법에서도 퇴비가 소중하다는 사실은 누구도 부정하지 않는다. 비료가 생겨나기 전, 모든 똥은 정말 귀한 대접을 받았다. 똥 없이 자연의 순환, 먹거리의 순환이 불가능했기 때문이다. 현재 똥 없이도 편하게 비료와 농약으로 농사지은 것을 먹는 우리는 먹을 것에 많은 문제가 있음을 다들 자각하고 있고, 형편 넉넉한 이들은 비싼 돈 들여서라도 유기농으로 기른 농작물을 사 먹고자 한다.

세상은 순환하게 되어 있다. 이 순환과정에서는 생성도 있는가 하면 죽음도 있다. 이 죽음의 결과물은 단지 필요 없는 것이 아니라, 순환의 중요한 요소이다. 똥, 식물, 동물, 사람의 사체 모두 이 순환의 중요한 고리에서 한 자리를 차지한다. 그런데 우리 인간들이 똥이 더럽다고 한 군데 모아놓고 약품처리를 해서 더 더럽게 만들고 순환의 고리를 끊고 있는 것이다.

세상에서 오른쪽 기득권 안에서도 몇 퍼센트 안에는 드는 사람들은 자기네 아성, 세계를 유지하기 위해 위험이 되는 모든 요소를 감시하고 제거하려 든다. 그중 가장 위험한 부류가 바로 민주화니 노동운동이니 뭐 이런 말을 하는 사람들일 것이다. 그들은 이런 이들을 똥만큼 아니 똥보다 더 혐오하고 실제로는 무서워한다. 그들도 알고 있다. 이들이 하는 말이나 일이 진실이라는 사실을…. 결코 무시할 수 없고 언젠가는 큰 움직임으로 일어날 수 있다는 사실도 잘 알기에 기회가 오면 제거하려 한다.

굽이굽이 이어지는 시골길 따라 산천이 펼쳐지고 저 멀리 나지막한 산이 배경으로 정겹다. 그런데 느닷없이 대나무인 듯, 대나무치곤 좀 이상한 식물이 한 움큼 한 자리에

황토현의 봄, 91x60cm, 종이에 수묵, 2020

소복이 올라와 있다. 아스팔트를 뚫고 나온 대나무라 한다. 식물이 자라서는 안 되는 곳, 자라지 못하게 하는 곳으로 자신의 생명의 뿌리가 내려진 대나무가 원래 그렇듯 강인한 생명력으로 아스팔트를 뚫고 그 생명력을 키워내고 있다.

원래 대나무의 곧게 솟은 모습은 아닐지라도, 눌리고 짓밟혀 겨우 찾아낸 틈으로 키워낸 생명의 기특하고 고마운 모습이다. 생명은 어떤 상황에서도 그 누구도 완전히 말살할 수 없다.

〈표적〉, 보는 순간, 가슴을 면도칼로 베이는 아픔이 느껴지는 그림이다. 이 그림을 보고도 아무런 아픔이 느껴지지 않는다면 진정 사이코패스를 의심해야 할지 모른다.

표적, 204.5x165.5cm, 0점표적지에 수묵, 2023

뒷배경의 모눈종이 같은 것은 실제 군인들이 사격 연습용으로 사용하는 표적지이다. 저 트럭에 탄 사람들의 모습은 아마도 모를 사람이 없으리라. 5·18 당시 저 청년들은 자신들이 같은 민족인 군인들의 총구

표적지가 되고 있음을 명확히 알고 있었다. 그래도 저 트럭에서 내리지 않았다.

[5·18민주화운동 공식 피해 통계]

사망자 : 166명

사망 인정 실종자 : 76명

접수된 실종신고 : 448건

사망 추정 실종자 : 242명

후유 사망자 : 376명(자살 39명)

부상자 : 3,139명

부상자 중 장애를 얻게 된 사람 : 2,252명

구속 및 고문 피해자 : 2,518명

총탄이 비 오듯 쏟아지고, 시민들이 보는 앞에서 곤봉으로 머리가 깨지도록 두들겨 패는 장면은 아주 흔했다고 한다. 여기저기 피가 흥건했고 병원에는 수혈할 피가 없을 정도였으니 말이다. 광주의 상처는 오랜 세월이 걸리겠으나, 우리 역사의 치욕을 씻을 수 있는 상처이다. 저들의 늠름한 모습을 보라. 죽음의 두려움도 꺾지 못한 자유를 향한 열망을 보라.

언젠가 우리는 자랑스럽게 이렇게 말할 날이 올 것이다.

"우리에게는 5·18광주민주화운동이 있다."

벌써 많은 이들에게 역사는 결코 함부로 흐르지 않는다는 믿음을 심어주었다.

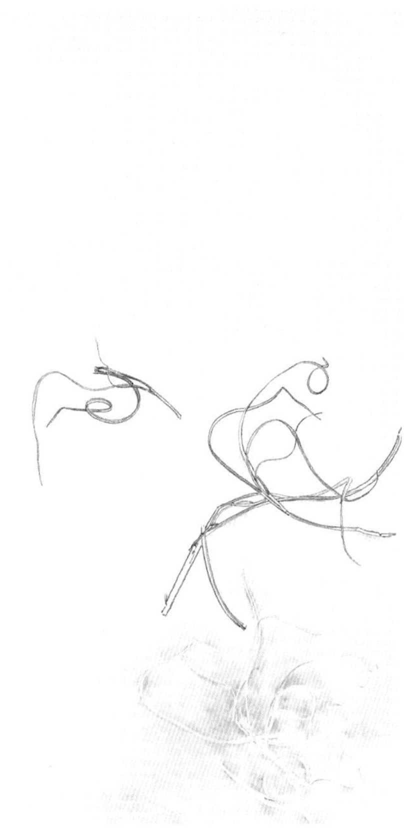

바람 란, 183X93.5cm, 종이에 수묵, 2021

그야말로 미친 사람 머리카락 같지 않은가? 아니면 회충이 숙주인 동물 속에서 쫓겨나와 어쩔 줄 모르는 모습 같지 않은가? 그런데 저래 봬도 난이다. 아마도 모진 바람이 부는 곳, 몸 기대고 비빌 작은 나무조차 없는 곳에 뿌리내린 난이 여러 세월 풍파를 겪으며 저리 살아남은 모습이 아닐까 짐작하는데, 작가에게 직접 물어보지 않고서는 알 수 없는 모습이다. 하지만 작품은 작가의 손을 떠나 보는 이 앞에 놓이면 상당한 자유의 폭을 지니니 안심하고 작품 속으로 들어가 보기로 한다. 그리고 제목 〈바람 란〉이 위의 상상을 옳다고 해 주지 않는가.

역사의 어느 조건은 우리가 태어난 가족, 부모, 형제를 바꿀 수 없듯 함부로 내팽개칠 수 있는 것은 아니다. 정말 불의로 점철된 오욕의 역사가 이어지는 불행 속에 던져졌다 하여 불평만 하고 산다면 그 자신은 더 불행해지는 것은 물론이요, 세상과 그 시대를 위해 아무

것도 할 수 없게 될 뿐이다.

그러나 저 바람난처럼 바람에 쓸려 헝클어지면서도 자신의 생명을 뿌리내리고 그 생명을 지켜내는 역할을 할 수 있다. 아우슈비츠와 다른 수용소들을 생각해 보라. 그러나 현대는 그 오욕의 역사 덕분에 인간을 아주 많이 알게 되었다. 그 아우슈비츠에서 살아남아 유명한 심리학자가 된 빅터 프랭클, 그 고난의 여정 속에서도 오직 하느님을 찾는 맑은 목소리를 내준 많은 증인들. 그들을 보면 어찌 저럴 수가 있는지 믿기지 않으면서도 인간의 고귀함에 나의 미천한 존재마저 고양되는 느낌을 받는다.

우리 민주화의 역사에서도 우리는 수많은 고귀한 이름들을 보유하고 있다. 그 이름들은 우리의 긍지요 우리 역사의 치유이다. 그들은 저 바람난처럼 제 모습도 갖추지 못하고 모진 풍파에 온갖 고난을 겪음으로써 타자를 치유하는 "상처 입은 치유자들"이 되었다. 광주 덕분에 6월 항쟁이 가능했고, 수많은 열사들이 자신의 목숨을 바쳐, 그 흐름의 끝에 우리는 자유라는 귀한 선물을 얻은 것이다.

떨어진 꽃에 나비가 내려앉는 모습을 시골에서는 흔히 볼 수 있다. 아마도 떨어진 꽃이 향기가 더 진한가보다. 어느 날 봄 산책길에서 떨어진 매화 위에 벌들이 앉은 것을 본 적이 있어 이 그림은 생소하지가 않다. 떨어지고 잘리고 자연 안에서는 이런 일이 참 자연스럽다. 그러

나 이런 일이 인간사에서 일어나면 참 꽃송이 떨어진 것을 보듯 아름답게 느껴질 수는 없는 일이다.

떨어진 꽃의 향기, 143x74cm, 종이에 수묵, 2021

민주화운동 과정에서 학교에서 정학당하고 직장에서 잘리고 감옥 들락날락 빨간줄 그어 취업도 어렵고 해외도 못 나가고 그 위에 형사들까지 감시의 눈길을 거두지 않는 사람답지 않은 삶을 사는 이들이 우리 시대에는 상당히 많다. 당연히 경제적으로도 어렵고, 자식 교육도 제대로 시키지 못한 경우도 있다고 한다. 그러니 세상적인 면에서 볼 때 그들은 성공한 삶을 살지 못한다고 할 수도 있을 것이다. 그런데 이것이 전부일까? 이 다소 누추하고 비루한 삶만이 그 여정의 결과일까? 결코 그렇지 않다.

전부는 아닐지라도 그런 분들 가운데 상당히 많은 이들에게서 향기를 맡을 수 있다. 자기 가정 꾸리느라 바쁜 이들은 결코 풍길 수 없는 향기를 풍긴다. 더구나 이 향기는 단지 향기로 머물지 않고 세상을 맑게 하고, 뜻있는 사람들에게는 열정을 불러일으켜 준다.

큰형 이강의 초상화를
감상하다

이강 선생의 막내 동생

이윤

너는 알지 못한다, 143x74cm, 종이에 채색, 2021

그림을 클릭한 순간 나는 숨이 턱 막혔다. 나는 전에 추사 김정희의 글씨를 처음 봤을 때 마치 총알이 내 가슴을 뚫고 지나가는 듯한 시원하고 짜릿한 감동에 전율한 적이 있다. 그런데 큰형의 초상화는 내게 정반대의 의미에서 충격이었다. 왠지 가슴이 답답해지고 마음이 무거워지고 몹시 불쾌하고 화가 났으며 실망스럽기까지 했다. 이러려면 뭣하러 초상화를 그린단 말인가! 이것은 이강에 대한 화가의 조롱이자 학대요, 관람객에 대한 화가의 도발이자 무례, 그 자체라는 것이 그림을 본 나의 첫인상이었다.

물론 나는 이 초상화를 핸드폰을 통해서 받아보기 전에 이것이 아직 미완성 초상화라는 얘기를 미리 들은 상태였다. 독특한 화법으로 그린 그림이라는 말과 함께. 그리고 그보다 전에 나는 이미 천연 염색의 대가 한광석 선생으로부터 당대 최고의 수묵화가이자 끊어졌던 한국 초상화의 명맥을 되살린 김호석 화백이라는 분께서 큰형의 초상화를 그리고 계신다는 이야기를 들은 바가 있었다. 예술에 문외한인 나는 부끄럽게도 김 화백의 이름조차 금시초문이었으니 얼른 인터넷에서 검색하여 그의 작품 몇 점을 훑어본 상태였다.

그래서 형님의 초상화를 독특하게 그렸다는 얘기를 들었을 때만 해도 나는 그냥 대가들 특유의 괴팍함으로 표준standard 혹은 정상normal에서 벗어난 기이한odd 방식으로 잘난 체를 조금 해 놨으려니 생각하였다. 창조적인 예술이 대개 그러하고 또 천재 예술가 중에 기인들이 적지 않기 때문이다. 만약 초상화를 단지 극사실적으로 그릴 것 같으면 그냥 화질 좋은 사진을 찍으면 그만이지 굳이 그림을 그릴 필요가 있겠는가 싶었던 것이다.

그러니 화가가 초상화 주인공의 얼굴에서 나름의 중요한 특징 몇 가지를 포착한 다음 그것을 강조하여 자기 스타일로 묘사하면 그것이 진정한 초상화일 것이라고, 그것이 요즘 세상에도 굳이 초상화를 그리는 이유라고 나는 생각하고 있던 터였다. 그랬으니 일순간 나는 화가에게 따지고 싶어졌다. 도대체 당신은 지금 이강의 얼굴에 이 무슨 그로테스크한 장난을 쳐놓은 것이냐고.

그런데 가만 생각해 보니 꼭 그렇게 화부터 낼 일만도 아니었다. 아니 당대 최고의 수묵화가라는 분이 무명의 한 노인에게 무슨 억하심정이 있어서 이런 터무니없는 짓을 하겠는가 말이다. 그러자 그림에 대해서도 화가에 대해서도 거부감이 서서히 걷히면서 그림을 다시 읽고 싶어졌다. 아니 더 정확히는 이강에 대한 화가의 이해를 어렴풋이나마 엿보고 싶어졌다.

동생인 내가 알지 못하는 이강을, 이강의 삶과 그 역사적 실존을 어쩌면 이 화가는 예술가 특유의 번쩍이는 통찰력으로 한눈에 간파해버린 것은 아닐까? 화백은 이강의 삶에서 무엇을 읽었기에 이강의 얼굴을, 그것도 아직 멀쩡하게 살아있는 사람의 얼굴을 마치 유령이나 야수의 얼굴이기라도 한 것처럼 반半의반만 남기고 다 지워버린 것일까?

세상에 붓이나 펜을 쓰는 사람이나 직업은 많다. 그렇지만 비록 같은 붓을 쓰더라도 화가는 자기의 생각을 말이나 글이 아닌 빛과 그늘로 표현한다. 만사만물을 밝음과 어둠으로 말한다. 화가가 무슨 말을 하는지 어떻게 그리고 얼마나 알아들을지는 순전히 보는 이의 몫이다. 거기 이해나 오해는 불가피하다. 어떠한 이해도 한편으로 오해이며 어떠한 오해도 나름의 이해이다. 잠에서 깨는 순간 꿈이 해몽이라는 칼날을 피할 수 없듯이 그림 또한 화가의 손을 떠나 보는 이의 시야에 포착되는 순간 해석이라는 덧칠을 피할 수 없다.

그래서 이제 이 초상화도 이강의 동생인 나의 거칠고 서투른 붓칠touch을 피할 수 없게 된 것이다. 그리고 아마도 모든 화가는 감상하는 자의 그것을 기다리고 있을 것이다. 이것은 모든 예술가의 운명이고 모든 작품의 숙명이다.

자, 화가가 그린 것은 이강의 얼굴인가 마음인가? 아니 화가가 그리기를 거부하고 삭제해 버린 것은 이강의 삶인가 역사인가? 그런데 이 대답을 화가로부터 필설로 듣는 것이 무슨 의미가 있으랴. 화가는 말이나 글보다는 그림으로 더 진실하고 더 세련되고, 그리고 더 명백하게 자기의 생각과 감정과 느낌을 표현하는 사람이 아니던가. 그리고 무엇보다도 그는 이미 이렇게 오감 중에서도 가장 신뢰할 만한 시각을 통해서 내가 묻기도 전에 내 눈앞에 그 대답을 들이밀면서 눈이 있으면 보라는 듯이 웅변하고 있으니 말이다.

현실에서는 실명 상태인 이강의 왼눈이 초상화에서는 이강의 유일하게 살아있는 눈이 되었다. 실제로 시력이 살아있는 오른눈은 마치 화상火傷으로 날아가 버린 것처럼 뭉개져 버리고 그림 속 얼굴에서 유일하게 남아있는 왼쪽 눈은 동공마저 닫아버린 눈이라니, 화가는 어찌하여 온전한 눈은 지워 버리고 볼 수도 없는 눈만 남겨놓았을까?

그런데 그게 다가 아니다. 문제는 그의 코와 입도 다 뭉개지고 막혀버렸다는 사실이다. 아마도 내가 처음에 숨이 턱 막혔던 것은 바로 이 때문이었을 것이다.

내 생각에 화가는 아마도 이강의 삶에 대해 약간의 설명을 들었을 것이다. 그렇지 않겠는가? 화가가 단지 사진을 그림으로 옮기는 역할을 하는 사람일 뿐이라면 모르지만, 그래도 초상화가라면 한 장의 화폭에 그 인물의 삶을 온전히 녹여서 담아내야 하지 않겠는가? 그래서 그는 아마도 이강이 과거에 민주화운동을 했다거나, 시인 김남주의 친구였다거나, 그리고 불의의 사고로 머리와 눈을 다쳐 왼쪽 눈이 실명이라는 등의 이야기 정도는 들었을 것이다.

그리고 그는 이런저런 이야기들을 토대로 이 한 장의 화폭 위에, 그리고 이강의 얼굴 안에 이강의 삶을 요약했을 것이다. 화가가 왜 이강의 얼굴을 이렇게 그렸을까 생각하다 보니 나는 어느새 추억에 잠긴다.

40대 후반이던 1994년 2월 이강은 그의 가장 친한 벗이요 평생의 동지였던 시인 김남주를 먼저 떠나보낸다. 그가 받은 충격과 상실감은 이루 말할 수 없이 컸으나 그는 그 김남주와 같이 황토현을 걸으며 했던 맹세, 척양척왜 보국안민의 길을 멈추지 않는다.

그런데 같은 해 7월 4일, 아 이것은 또 무슨 운명의 장난이란 말인가? 김일성 주석이 세상을 떠난 날 새벽 이강은 불의의 사고를 당해 사경을 헤매게 된다. 다행히 조선대병원 의료진의 헌신적인 치료와 이강의 강인한 생명력으로 이강은 구사일생으로 살아나지만 바로 저 눈, 그의 왼눈은 실명이 되고 만다.

머리를 다쳐서 사경을 헤매는 순간에도 큰형은 가부좌를 한 채 앉은 자세로 발견되었다고 한다. 그리고 중환자실에서 이제 막 의식을 회복한 이강은 아직 제정신이 아닌 상태에서 그리고 양팔이 결박된 상태에서 수시로 반가부좌를 하고 앉아 명상인지 호흡인지를 하는 자세를 취하곤 했다. 나는 그때 이런 생각을 하였다. 만약 형님이 이 고비를 넘기고 살아서 퇴원할 수가 있다면, 그리고 다행히 아주 바보가 되지 않는다면 앞으로는 운동이나 정치보다는 스님이 돼서 영적인 수행을 하면 좋겠다고.

그 후로 형의 몸은 서서히 회복되었으나 나의 바람과는 달리 출가의 길을 걷지는 않았다. 여전히 한국의 정치 사회문제에 관심을 끊지 못하는 형님을 보고 동생으로서 안타깝기는 했으나 나는 이것도 다 형님의 운명 혹은 업연이려니 생각하고 그 또한 나의 욕심이었음을 인정할 수밖에 없었다.

이 초상화에서 콧구멍이 막혀있는 모습과 그럼에도 그다지 숨이 막혀 보이지 않는 모습을 보고 나는 그 당시 단전호흡을 하던 형님의 모습이 떠올랐다. 『장자』에 이런 말이 있다. '지인종식至人踵息', "지극한 사람은 발뒤꿈치로 숨을 쉰다."는 뜻이라고 한다. 그렇다면 이강은 숨 쉬는데 코 따위는 필요 없는 지극한 경지에 이른 것일까? 정작 본인은 지인至人의 경지에서 노니는데 숨이 막히는 것은 보는 이의 몫이 되고 말았다. 화가는 그런 뜻으로 그리지 않았을지 모르지만 내게는 그렇게 읽힌다.

그런데 숨이야 코가 없어도 쉰다고 치지만 곡기와 수분은 입이 있어야만 먹고 마실 수 있을 것 아닌가? 그런데도 입까지 봉해버린 것은 어찌된 영문일까? 그렇다. 그것은 바로 침묵이다.

고은은 〈만인보〉에서 이강을 이렇게 묘사했다.

무등산 아래 언제나 그가 있었다.
말 많은 그곳 언제나 그가 있었다.
작약꽃같이 꽃잎 겹겹이 열려 하나둘 서울로 가도
무등산 아래 금남로에도 전남대에도 언제나 그가 있었다.
앞장서야 한다면 앞장섰다
뒤치다꺼리라면 뒤치다꺼리였다.

이강은 김남주와 함께 1972년 12월, 시월유신이 선포되고 전국이 숨죽이고 있던 그때 전국 최초로 '함성喊聲'을 질러 유신체제를 고발한다. 이른바 '함성지 사건'이다. 그리고 법정에서 이강은 누구보다도

쩌렁쩌렁하게 고함을 쳤다고 들었다. 그런 이강에게 침묵이라니 이것은 당최 어울리지 않는다. 하긴 대음희성大音希聲이라는 말도 있으니까. 그런데도 사람들에게 이강은 단지 김남주의 친구로 기억될 뿐이다. 이는 물론 훗날 세인들의 질문에 그 스스로 늘 그 공功을 김남주에게 돌렸기 때문이기도 하지만, 이것이 이강에 대한 평가절하의 일차 계기다.

5·18광주민주화운동 기간에 남민전 관련자로 검거돼 서울구치소에 갇혀있던 이강이 하루는 꿈을 꾸었는데, 꿈에 무등산나무들의 잎이 다 떨어져 버리더라는 것이다. 그는 편지로 광주에 무슨 일이 있는지 물었으나 당시에는 검열도 있고, 또 큰형수가 5·18광주민주화운동 기간에 막내를 해산한 상태라 한동안 면회를 가지 못해서, 그는 7월이 되어서야 비로소 5·18에 대해 듣게 되었다고 한다.

이강은 그 역사적인 순간에 영어囹圄의 몸이었는지라 광주시민들 특히 목숨을 바친 이름 없는 영웅들과 생사를 같이할 수는 없었지만, 광주와 광주시민, 그리고 그 광주를 품고 있는 무등산과 무의식 깊은 곳에서는 늘 하나였음을 보여주는 에피소드라고 생각한다. 그리고 그 낙엽들 가운데 우리가 익히 들어서 알고 있는 자기의 후배 윤상원 열사가 있었으니 이강의 충격이 얼마나 컸겠는가! 그 죄책감과 미안함이 아마도 그를 평생 무겁게 짓눌렀을 것이다.

그럼에도 불구하고 내가 생각하기에 광주의 운동권 선후배 동료들에게 이강은 늘 5·18의 이방인일 뿐이었다. 비록 그의 여동생과 남동생이 5·18 직접 관련자이기는 했지만, 그렇더라도 그는 기껏해야 경계인일 뿐이었다. 이것이 이강에 대한 평가절하의 이차 계기다.

그리고 DJ에 대한 전폭적인 지지의 고장 광주에서 어떤 식으로건 DJ를 비판한다는 것은 고립과 배격을 자초하는 것이지만 그는 그것을 주저하지 않았다. DJ 아니라 그 누구라도 잘못한 부분에 대해서는 비판받아 마땅하다고 생각했으며, 또 그것이 운동권의 존재 이유라고 생각했기 때문이다. 바로 이 때문에 그는 광주 운동권에서 늘 미운 오리새끼 취급을 받을 수밖에 없었다.

그는 "이강을 생각하면 자다가도 벌떡 일어난다."는 DJ의 분노를 전해 듣고도 DJ의 분노와 오해를 풀기 위해 그 어떠한 변명도 하지 않은 것으로 안다. 굳이 그러려고 했으면 할 수 있는 루트가 있었음에도. 그렇다면 그는 DJ를 싫어했을까? 내가 아는 한 그는 개인적으로는 누구 못지않게 DJ를 좋아하고 존경했었다. DJ에 대한 비판적 지지와 절대적 지지를 둘러싼 논쟁에서 빚어진 광주 운동권으로부터의 정치적 고립무원, 그리고 바로 이것이 이강에 대한 평가절하의 삼차 계기다.

'함성'을 시작으로 평생 적지 않은 말을 하고 살았을 이강이지만 정작 5·18에 대해, 광주에 대해, 그리고 DJ에 대해 그가 한 발언들은 그 내용의 타당성 여부를 떠나 늘 묵음처리가 되고 말았다. 그는 자기의 땅 광주에서 유배 아닌 유배를 당한 채 침묵 아닌 침묵 속에 살아야 했다. 나는 이강의 침묵을 '무등산의 침묵'이라고 부르고 싶다.

무등산은 1980년에도 그리고 40여 년이 흐른 지금도 묵묵히 광주를 굽어보고 있다. 아, 그때 떨어진 무등산 나뭇잎들은 지금쯤 해원이 되어 홀가분하게 흙으로 돌아갔을까? 아니면 아직도 원혼이 되어 무등산 자락을 떠돌고 있을까? 이강 역시 그때나 지금이나 늘 광주를 염려한다. 5·18 때 스러진 영혼들은 이제는 극락왕생하였을까? 아니면 아직도 원혼이 되어 광주시내를 떠돌고 있을까?

형님이 사경을 헤매다 오직 저 다친 눈만을 안고 세상에 돌아왔을 때 그를 보듬어 안아 준 이가 있었으니 그가 바로 지금의 형수님이다. 그러므로 저 눈은 아니 이강 인생의 반의반은 이강의 것이자 동시에 형수님의 것이다. 그렇다면 봉인된 입과 코와 눈은 어떤 의미일까? 아마도 정당하게 평가받지 못하고 삭제돼버린 이강의 삶을 말할 것이다. 초상화 속 이강의 얼굴도 그렇거니와 이강의 삶 역시 곁에서 보는 동생으로서는 답답하고 안타깝지만 정작 이강 본인은 늘 초연한 듯하다. '인부지이불온 불역군자호人不知而不慍 不亦君子乎'라고 하지 않았던가. 큰형을 보면 나는 늘 군자가 떠오른다. 소인小人은 늘 나의 몫이다.

어느 소설가는 "햇빛에 바래면 역사가 되고 달빛에 물들면 신화가 된다."고 하였다. 나는 여기에 이 한마디를 보태고 싶다. 그리하여 "역사는 대중의 표면 의식에 기록되고 신화는 인류의 심층 의식에 새겨진다."고.

【사족】 주저리주저리 늘어놓은 이 감상평과 비교하면 이 한 폭의 초상화는 얼마나 일목요연한가! 어떻게 화가는 이 좁은 2차원 공간에 한 인간의 칠십 평생이라는 짧지 않은 시간을 압축해 넣을 수 있는가? 이것은 세월의 압축임과 동시에 삶의 정수의 추출이다! 우리 같은 범인의 육안에는 화폭의 정면(正面)만 보일 뿐이지만 아마도 화가의 심안에는 화폭의 배면(背面)이 보이는가 보다. 그리고 그 배면 즉 이면(裏面)이자 내면(內面)에도 역시 무의식의 붓을 휘둘렀을 것이다.
그리고 아마도 그 배면에는 이강의 온 - 얼굴이 은은한 미소를 띠고 자기의 온 - 삶을 보여주고 있을 것이다. 그것이 아마도 실증주의 역사와 진정한 리얼리즘 역사의 차이, 피상적인 의식세계와 심층적인 무의식세계의 차이일 것이다. 이것은 이강과 화가의 이심전심이다. 이것은 초상화라기보다 차라리 한 편의 biography 다. 그리고 그것을 슬쩍 엿볼 수 있게 된 나는 또 얼마나 큰 행운아인가!

화해

- 김호석의 살풀이 -

청원 스님

시외버스를 타고, 지하철을 타고, 버스를 타고, 다시 버스를 갈아타고서 시 끄트머리의 건물 3층 화가의 작업실에 도착했다. 책과 화구로 어수선한 넓지 않은 직사각형 공간의 입구 맞은편 벽에 세로로 길게 두 장, 아직 배접하지 않은 작품을 걸어준다. 화면 가득 모기가 있다. 버둥거리는 놈, 이미 죽은 놈. 또 다른 화면에는 무언지 모를 자잘한 흔적들이 흩어져 있다. 아니 주먹주먹 흩뿌린 듯 모닥모닥 뭉쳐 널려 있다. 무얼까? 화가가 표현하고자 하는 것이 아름다움이 아닌 것은 확실하다. 잘 모르는 마음이 꽉 뭉쳐 움직이지 못한다. 상투적인 언사들을 불러내는 두뇌와 심장의 작용이 거기 있기나 했나 싶게 진공상태가 된다. 그러다 마치 체기에 가슴이 답답하고 머리가 띵하니 아파 오듯 압력이 차오른다. 뭘까?

불교 철학이 역사를 관통하며 질기게 붙들고 늘어지는 문제 중 하나는 '역동적으로 관계하고 간섭하는 개념과 실제의 흐름'이다. 실제의 현상과 작용을 이해하기 위해 도입된 개념은 역으로 실제를 간섭하고 규정한다. 일체유심조一切唯心造의 양날의 칼—허망하고 또 창조적인. 개념이 빚어주는 인상印象과 해석 없이 심장은 공감하지 못하는 것일까? 저 막막한 화면 위의 모기들과 구멍들을?

굳이 왜 모기일까? 통상 아름답거나 감동적이거나 상징적이거나 그런 것들이 화폭의 주인공이 되는 것을 보아왔다. 지금 여기 그러한 인상과 해석은 도무지 갖다 붙일 수가 없다. 그리하여 맨눈으로 마주해 본다. 섬세하다. 살아오며 여러 번 마주했던 버둥거리는 혹은 죽어 쓰러진 작은 사체들. 미물微物. 그저 나를 공격한다는 이유로 그를 때려죽이는 폭력의 정당성이 인정되어 온 작은 곤충. 꽃 위에 앉아 있으면 사진 찍고 싶은 아름다운 장면의 완성이 되고, 나를 향해 날아오면 공포의 대상이 되는 벌蜂과 같은 양가성兩價性이 모기蚊에게도 있을까?

인간 중심, 나我 중심을 걷어내고 마주하면 모기나 벌이나! 그리하여 꽃에 앉아 꿀을 빠는 벌을 보듯 거기 쓰러져 뒹구는 모기를 본다. 난초 잎 부드럽고 팽팽하게 늘어지고 꺾이듯 굽어지고 쭉 뻗은 가는 다리, 머리 가슴 배의 비례, 파르르 떨리며 공기를 흔드는 얄팍한 날개. 서양 발레의 동작인 듯 이리로 굽히고 저리로 튀는 순간 포착된 동세動勢. 그러나 미학美學보다는 정세情勢가 치고 들어온다. 아프다. 고통스럽다. 산란産卵을 위한 생명의 본성으로 죽음을 무릅쓴 비행 끝에 귀하디귀한 피 한 모금을 마셨건만 집채만 한 손바닥이 날아와 무자비하게 온몸을 후려친다. 학살虐殺! 학살자를 향한 분노가 일어난다.

그럴 만했는가? 죽일 만했는가? 내가 피해자와 함께 서 있을 때 어떠한 죽임도 정당할 수 없다. 그러나 내가 가해자와 함께 서 있을 때 살상殺傷은 정당방위, 정의正義 구현. 그저 나의 소속으로 인해 뒤집어지는 가치는 과연 신뢰할 만한가? 지킬 만한가? 뒤집고 엎고 바꾸고 섞어 봄으로써 도달할 수 있는 피안彼岸의 공정성은 있을까? 미덕은 있을까? 화해和解와 평화는 가능할까? 정의正義가 포기되지 않으면서 불의不義를 '죽이지' 않을 수 있을까? 정의와 불의가 각자 고수하는 전선戰線의 참호로부터 걸어 나와 억지로라도 "네가 되어보고, 너를 이해함으로써, 너를 죽이지 않고 너를 살려냄으로써 비로소 나를 살리고 나를 해방하는相生" 그런 제3, 제4의 엉뚱한 길들은 열려 있는가?

화가는 질문하고 있는 것이 아닐까? 통상적인 아름다움을 걷어냄으로써, 늘 그래왔던 '주인공이 될 만한' 대상을 비껴감으로써, 그리고 중심을 제거하고 남은 화면을 비틀고 왜곡하고 증폭하여 낯설게 함으로써. 늘 '당연當然'하고 '옳다'고 의심 없던 각자의 '생각의 흐름'에 대해 과연 그러하냐고, 그렇기만 하냐고, 그래도 되냐고 묻고 있는 것은 아닐까? 무엇을 보고 있느냐고, 어떻게 보아왔느냐고, 그리고 여전하냐고.

화가는 어느 인터뷰에서 이렇게 말한 적이 있다.

"주관을 내세우지만 어느 순간 주관이 없는 상태를 추구합니다. 말장난 같지만 … 칼날같이 이리 넘어가고 저리 넘기는 … / 주객主客이 동전의 양면 같은? / 네, 그런."

그러므로 그의 질문은 스스로에게 묻는 것이고 보는 이에게 묻는 것이고 시대에게 묻는 것이고 이치에 묻는 것이다. 그렇기만 하냐고. 작품을 보고 감동하며 순하게 흐르지 말고, 막혀보고 부딪쳐보고 거부당해 보고 급체한 듯 숨이 꼴딱 넘어가 보고 작가의 의도와는 상관없이 즉물적卽物的으로 마주하여 탐색하고 어우러져 제멋대로 소용돌이쳐 보라고. 그리하여 뫼비우스의 띠Möbius strip, 클라인 씨의 병Klein's Bottle 안과 밖이 뒤틀리고 연결되고 뒤섞이듯이, 주객主客을 전도시켜 보고, 의미를 뒤집어 보고, 결국은 동전의 양면처럼 한 몸인 전체로서의 차원에 접속해 보자고. 그리하여 잡화엄식雜華嚴飾 평화平和롭고 안녕安寧하자고.

다른 하나의 화면에 흩뿌려진 저 자잘한 흔적들은 무엇인가? 모기는 그린 뜻 앞에 막혔다면, 이 그림은 형상에 의해 밀려난다. 화면에 코를 박아 봐도 무언지 잘 모르겠다. 연필로 종이를 폭폭 찍어놓고 그린 것 같은 화면. 셋 다섯 혹은 예닐곱, 공기놀이 할 때 한 손으로 집어야 하니 모아 뿌린 듯 대체로 모여 있는 구멍들, 그럼에도 불구하고 의도를 배신하듯 흩어져 드문드문 굴러간 놈이 있던 공깃돌처럼 모둠에서 떨어져 찍힌 구멍도 있는 이 그림은 … 무엇을 형상화 한 것인가? 도움을 청하듯 화가를 본다.

"군대 안 갔다 왔으니 모르겠군요."

— ? —

"총알 자국입니다. 조준 사격한."

순간 가슴이 서늘하다. 조준照準과 난사亂射. 난사는 마구잡이로 쏘는 것이고, 조준은 명확히 생명의 박탈을 의도하는 멀쩡한 정신의 사격이다. 사격 훈련에 쓰이는 영점 표적 조준지照準紙에는 검고 단순한 아이콘으로 그려진 사람의 상반신이 있다. 아이콘이 되면서 피 튀는 현실을 사상捨象하고 안심시키고 장려하는 훈련을 성년의 청년들은 의무로 자랑으로 받고 있다. 그 훈련되고 장려되는 폭력성은 "조국을 지키는" 잠재력이 되지만, 훈련되고 장려된 습習의 날갯짓이 길들인 폭력과 살상殺傷의 면역이 혹여 훈련 밖의 일상으로 묻어 나오지는 않을까? 군대 안 간 하늘의 절반은 의심을 거둘 수가 없다.

예전에 들었던 이야기가 훅 떠오른다. 전장戰場에서 누구도 처음부터 조준 사격하지 않는다고. 그러나 조금 전까지 함께 불안해하며 이야기 나누던 전우의 몸에서 피가 튀는 것을 보면 그때부터는 이를 악물고 조준 사격을 하게 된다고. 조준 사격의 총구 이쪽과 저쪽, 죽음을 두려워하고 살고자 불안해함이 동전의 양면같이 붙어 있는 두 심장. 이 작품의 제목은 〈동족의 피를 먹지 않는다〉이다. 동족同族, 한 핏줄.

우리 현대사의 뼈저린 비극의 현장 80년 5월 광주에서 적 아닌 적 시민들을 향해 겨누어졌던 조준 사격의 흔적들. 정의의 이름으로 각각 외쳐지던 "독재타도!"와 "빨갱이 새끼들". 조준 사격하고 조준 타격打擊했던 이들은 무슨 하늘에 사무친 원수였을까? 나이 찬 장정이면 예외 없이 복무하는 군대 시절 훈련받은 조준 사격 실력이 옴짝달싹하지 못하게 몰린 집단적 상황 속에서, 왜곡되게 주어진 정보에 따른 판단 속에서, 헬기 소음과 총성 난무하는 두려움 속에서 당겨지는 방아쇠. 어디로 동원되는지 모르고 실려가 총구 이쪽에서 방아쇠에 손을 걸고 떨고 있었고, 도청 안 총구 저쪽에서 목숨을 내놓고 있던 양측 모두 죽고자 하지도 죽이고자 하지도 않았다.

그러나 사격 명령은 떨어졌고, 총알은 총구를 벗어나 수없는 목숨을 박탈하고 상처 입혔다. 피차 살고자 하는 몸부림이 죽일 수밖에 없는 잔혹함이라는 동전의 양면이 되는 역사의 판을 짠 것은 누구였던가? 무엇을 위함이었던가? 그 조준 사격을 덮으려 하고 그에 맞서 드러내려 하는 총구 이쪽과 저쪽의 필사적인 시도들. 참회의 사과 한마디 없이 생을 마감한 살상殺傷의 주체는 과연 이승을 떠났는가? 명확히 심판된 정의는 부당한 폭력을 불용不容하는 사회적 합의로 자리 잡았는가? 오늘을 살리고 있는가? 정치적 발판으로 닳도록 쓰이면서 쓰는 자들을 오염시키고 있지는 않은가.

화가의 다른 화폭에는 깨진 항아리가 등장한다. 대독이다. 옆구리가 터져 나가 파편이 널브러져 있다. 거미줄이 얼기설기 한 것을 보니 깨진 채로 방치된 지 오래되었나 보다. 돌 맞아 깨어졌든 얼어 터졌든 항아리가 깨지면 대체로 뒷수습을 한다. 깨진 조각을 모아 화단 경계에 덧대 놓거나 질퍽한 수채길 디딤으로 놓거나 도대체 쓸모가 없을 때에는 다치지 않고 볼썽사납지 않도록 한쪽으로 치우기라도 한다. 깨진 채로 저리 놓아두고 깨진 파편 뒷수습을 제대로 안 한 것은 그 집이 제대로 돌아가지 않는다는 증표다.

항아리는 깨질 수 있다. "모든 조건에 의지해 형성된 것은 부서지는 법이다sabbe saṅkhārāanicca, 諸行無常."는 불가佛家의 진리를 모셔오지 않아도 항아리가 깨질 수 있다는 것은 상식이다. 항아리는 깨질 수 있고, 모기는 죽일 수 있고, 도둑질도 할 수 있고, 학살虐殺도 저질러질 수 있다. 원하지 않고 그래서는 안 되지만 그럼에도 불구하고 조건이 성숙되면 일어날 일은 일어난다. 우리가 시퍼렇게 두 눈 뜨고 정신 차려야 할 지점은 물론 항아리가 깨지지 않도록 주의하는 일이기도 하지만 여러 중중무진重重無盡의 조건이 성숙하여 항아리가 깨졌을 경우 제대로 수습하는 과정이다.

비로소 안으로 축적된 실력이 드러나는 때이다. 살림의 경험적 지혜가 발휘되고 인간으로서의 지성과 양심이 작동해야 할 지점이고, 다시 살려내야 할 지점이다. 깨진 항아리로 인해 원수가 만들어지고 계속되는 분쟁의 씨앗이 심어진다. 심어진 씨앗은 조건에 따라 싹트고 자라고 꽃 피고 열매 맺으며 괴물이 된다. 괴물을 잡으려 애쓰는 과정에 점철된 상처와 분노와 한이 뒤틀려 피해자 역시 괴물이 된다.

멀쩡한 항아리가 남아나지 않는다. 그러나 괴물을 잡지 않고 씨앗을 제거하지 않고는 또한 건강한 생존이 가능하지 않다. 살아도 산 것이 아닌 중음신中陰身의 세월. 죽음이 죽음을 불러 켜켜이 쌓고 양보할 수 없이 굳어가는 흑백논리의 정의正義. 너 죽고 나 사는 양립 불가능한 이분二分의 트라우마 세계로의 유폐幽閉. 우리 사회 도처에 강화되고 있는 그 모든 양극화兩極化.

화가의 화면에는 머리를 치켜 든 독사와 그 머리 가운데를 콱 찍어 꽂은 낫도 보인다. 제목이 〈검은 씨앗〉이다. 안전安全? 내 생명에 잠재적 위협이 되는 독사는 저렇게 급소를 찍어 죽여야 마땅한가? 판타지 영화의 '절대 악'인가? 잠재적 위협은 실현될 위협인가? 실현된 위협 앞에서 폭력은 정당할 수밖에 없는가? 유일한 길인가? 한 생명의 급소를 찍어 죽이는 나는 악인가? 정당방위인가? 죽임을 당하는 독사에게는? 기어코 죽여야 사는 살상을 넘어 살려내며 세울 수 있는 정의는 불가능한가?

역사가 중심中心의 기록에서 벗어날 수 있을까? 역사의 수레바퀴를 굴리고 그 수레바퀴 아래에 깔려 거름이 됨으로써 수레가 굴러간 뒤의 바퀴 자국에 비로소 민주며 자유며 정의며 평등이라는 풀도 돋고 꽃도 피고 벌 나비 날아들 때, 희미해진 깔린 자들 수레바퀴를 굴린 개인 개인들, 의미는 남고 파란만장 무너진 삶의 궤적은 잊혀진다.

화가는 기록에 남은 중심에 가려져 잊혀진 수레바퀴 아래를 그려 기록하고 싶었나 보다. 그리하여 꽃 피고 벌 나비 나는 이 시절의 감사를 그 수레바퀴 아래에 바치고 싶었나 보다. 화가는 "보이지 않는 것을 강조하고, 여백을 강조한다."고 했다. "정치와 역사가 삶과 분리시킨 그 공백에 대한 사유를 통해…… 정점인 눈을 지우고 비워서 오히려 뜻이 확장되었다."고 안경 속 눈을 지워버린 초상 〈사유의 경련〉2019을 설명한다.

그런 화가가 '이강'이라는 역사에 드러나지 않은 인물의 초상을 통해 그리고 싶은 여백은 무엇일까? 지우고 비워서 오히려 확장하고 싶은 뜻은 무엇일까? 역사에 선명히 찍힌 시인詩人 김남주의 초상<함께 가자, 우리 이 길을>, 2022과 함께 나란히 걸어 드러내고 싶은 둘 아닌 현실은 어떤 것일까?

작품 속 인물은 이강이라는 사내다. 5·18광주민주화운동 격동의 역사의 선구적 밑불이 되었을 유신 반대의 「함성」과 「고발」을 김남주와 함께 발간하고 배포한 이다. 두 사람 모두 앞서 감옥에 들어가 80년 광주 현장에는 없었다. 역사의 현장을 기록한 그날의 신문 위에 그날 현장에 없었던 김남주를 그림으로써 사건事件의 선을 넘고, 존재가 부각되었지만 이미 세상을 떠난 시인과 일상으로 무너져 들어가 남루하고 찬란한 삶을 견뎌 살아내고 있는 노령의 동지同志를 함께 걸어 놓음으로써 세간이 부여하는 의미意味의 선을 넘는다.

이제 다 늙어 빛바랜 무명 같아진 한 사내의 초상 한 점과 풍화되어 턱이 사라진 두개골 눈구멍 속 처연히 선명한 눈동자. 산 자의 얼굴에서 죽어버린 한쪽 눈과 죽어 소멸되어 가는 해골에서 선명히 뜨고 있는 두 눈동자. 그려지는 인물의 정신세계를 정확히 그려내는 전신사조傳神寫照 초상에서 눈과 눈동자는 핵심이다. 화가는 초상화를 그리면서 그런 눈동자를 지우고, 넷을 만들고, 좌우를 달리한다.

화면 속 이강은 사라져가고 있다. 현실의 이강도 사라져가고 있다. 시대의 역사를 온몸으로 번갯불처럼 관통한 한 사람이 이제 팔순을 바라보며 스러져가고 있다. 개인적 삶도, 이미 묻혀버린 역사 속 의미도 잊혀질 것이다. 그렇게 잊혀져도 되는 것일까? 화가는 전통 수묵화의 거장으로 역사라는 기억의 반열에 올라선 이다. 그런 화가의 그림 속에 이름 남은 이들과 이름 잊힐 이들이 고루 등장한다. 이강은 그 경계선에 있는 사람이다. 화가가 일상에서 만난 이름 잊힐 이들도 아니고 초상화 그려달라 그를 초대했던 이름 남은 이들도 아니다. 역사의 수레바퀴 아래 무수했던 풀이다. 사실 경계는 없다. 이름이 남든, 잊히든. 달라지는 것은 의미의 중심일 뿐. 그러나 달라진 의미의 중심이 다른 역사를 굴린다.

해골 속 두 눈을 선명히 살려낸 것은 여백으로 탈색해 가는 이강의 삶과 정신을 형상의 영역으로 불러내는 화가의 의도일까? 초상 속 이강의 온전한 한 눈은 부릅뜨지 않고도 성성하다. 백화白化된 한 눈은 보이지 않는 세계, 가려지고 덮인 의미를 직시하고 있는 듯 초현실적이다. 현재의 요구에 따라 변형되어가는 기록된 역사와 잊혀진 현장, 보이는 세계와 보이지 않는 세계를 함께 보는 온전하고 망가진 두 눈이 함께 보고 있는 지금, 여기의 세상. 지워져 가는 이강의 형상 여백에서 웅긋중긋 드러났다 사라지는 5·18 역사 현장의 민초民草들, 생생히 온몸 던져 살았으되 여백으로 묻힌 삶들. 그 삶들이 그저 바라고 원했던 상생相生.

〈사유의 경련〉의 별칭은 〈눈부처〉라 했다. '눈부처'는 다른 이의 눈에 비친 내 모습을 가리키는 말이라 한다. 화가는 "나의 시선이 남의 눈에 되비치지 않는 불통不通이 우리의 언어와 상식, 금도를 넘어선 단절의 시대"를 개탄했다. 그 단절을 뚫어 소통疏通으로 나아가고자 그는 그리고 또 그리며 도발하고 있는 것은 아닐까? 화가는 이강을 그리며, 이강 눈에 비친 화가 자신을 '눈부처'로 그렸을 것이다.

자신의 눈도 한 눈은 세상을 보며, 한 눈은 보이지 않는 여백을 본다. 그의 해골 역시 풍화되어 스러지겠지만, 그가 그린 여백들이 성성한 눈동자로 살아 빛날 것이다. 외곽선으로 강화되는 한 존재의 경계–나我–를 배경 속으로 희미하게 소실시킴으로써 회복하는 대상과 배경 여백의 온전한 전체성. 눈부처로 생명을 얻는 그리는 자能와 그려지는 자所의 삼투—불이不二. 둘 아닌 온전한 전체로 나아가 상처를 보듬고 회복하고 싶은 화해와 평화의 지평.

화가는 요즘 일상의 사소한 장면들을 그리고 미물微物들을 그린다고 한다. 자세히 꼼꼼히 보지 않으면 무얼 하는지 무엇인지도 한눈에 쉽게 드러나지 않는 작거나 부분인 어떤 장면들. 귀를 대고 파 주는 노부부, 잠자리에 누워 핸드폰을 보는 딸의 발, 다 빠진 눈썹을 정성껏 그리고 있는 얼굴 지워진 노모, 빨랫줄에 매달린 개구리, 땅강아지, 토끼의 간, 벌레, 배추, 쥐 꼬리, 가자미, 돼지머리, 먹다 만 바비큐, 파리의 날개, 똥에 앉은 나비, 뱀의 허물에 꼬인 진드기들 … 그가 열어 보이는 "작품"의 주인공들은 이전 결코 주인공이 되지 못했던 어떤 장면들이거나 대상들이다.

과거 그의 전시회 제목은 "보다"였다2019, 제주. 그는 보고 또 봄으로써, 낯설게 봄으로써, 보이지 않던 것을 봄으로써, 보지 않던 것을 봄으로써, 여백을 봄으로써, "모든 벽을 문"으로 봄으로써2017, "나와 다른" 시선視線을 체험하고, "나와 다른" 관점觀點으로 넘어가 보고, "이전과 다른" 관계로 나아가 보자고 손을 내미는 듯하다.

오래전 영화 〈달마야 놀자〉에서 깨진 항아리에 물을 채운 것은 물 속에 항아리를 통째로 던져 넣은 건달패거리였다. 도 닦던 스님들이 아닌. 형식이 내용을 담보하지 못할 때, 이전의 형식과 내용을 부분이든 전체든 재분할하고 배제하고 뒤섞고 비틀고 낯설게 하고 통째로 던져 보는 무모한 혹은 필사적인 실험을 통해서 이전의 개념적 이분법, 양극화를 넘어가는 실제의 흐름이 비로소 열린다. 숨 막히는 불통이 소통을 부를 것이다. 항아리의 깨짐은 자체로 비극이지만, 바닥을 친 비극은 비극을 넘어서는 승화昇華의 거름이 될 것이니, 마침내!

멋진 판, 성인聖人이 되어 저잣거리에 나아가 즐거움을 함께 나누는 동락同樂의 세상을 지독히 꿈꾸며 화가는 이미 과정過程을 살고 있다. 누가 알아주지 않아도 제 돈 제 시간을 들여 잃어버린 닥나무를 찾아내고, 도침 한지韓紙를 복원하고, 붓을 살려내고, 전통기법과 사유를 치밀히 하여 오늘의 사소한 일상과 미물들을 "마음 가운데中心"로 불러내는 이 화면들을 통해서, 만사萬事에 걸리는 다혈질이면서도, 진정 걸림 없이 마음 내고 있는應無所住 而生其心 범성불이凡聖不

二, 배제하지 않고 끌어안는不離 대동세상大同世上을 그는 이미 살고 있다. 일체유심조一切唯心造의 양날의 칼—허망하고 또 창조적인—을 희롱하며.

2023년 첫 달 마지막 날
사문 청원, 옷깃 여며 조아리며 눈부처로 써보다.

청원(靑園) : 동학사 강원을 졸업하고, 백운산 산골에서 땅과 놀며 살고 있다.

김호석 선생의
이강 초상화를 보고

김정희 변호사

필자는 그림에도 어둡지만, 초상화에 관하여는 말 그대로 문외한이라는 점을 고백해야겠다. 그렇지만 필부의 감상평도 전문가의 평론과 함께 섞이면 보는 사람에게 양념이 될 수도 있으리라 생각하며 용기를 내서 글을 쓴다.

그림은 왜 그릴까? 작가가 받은 감동을 자기 안에만 가두어두기 아까워 누구에게든 그 감동을 나누고 싶을 때 비로소 붓을 드는 것은 아닐까? 김호석 작가는 이 시대를 살아가는 사람들의 모습인물화을 수묵으로 그려왔다. '사람'과 그 '삶'이 작가에게 감동의 근원인 셈이다.

한 갑자 넘는 무수한 시간 동안 수묵화를 그려온 김호석 작가는 어떠한 이유로 이강 선생을 그리게 되었을까? 그는 이강 선생의 어떤 모습에 감동을 받았길래 그 눈, 그 얼굴을 그리지 않을 수 없었을까? 그것이 가장 궁금했다. 분명한 것은 작가는 이강 선생의 외모를 흠모해서 붓을 들지는 않았을 것이다. 이강 선생의 외모 안에 스며있는 그의 삶의 궤적이나 내면세계에 대한 경외나 감동이 그를 화선지 앞으로 이끌었을 것이다.

이강 선생은 김남주의 친구이자 동지이다. 1973년 최초의 반유신 운동인 '함성지 사건'으로 구속되어 옥고를 치른 후 줄곧 민주화운동과 함께했다. 1974년 '민청학련 사건'으로 또다시 징역 15년형을 선고받았다가 이듬해 가석방되었고, 1979년에는 남조선민족해방전선남민전 사건으로 징역 3년을 선고받기도 했다. 세 번의 옥고와 모진 고문은 그의 몸과 마음을 피폐하게 했을 것이다. 더욱이 그의 동생들도 그 영향으로 민주화운동에 참여하고 고초를 겪었으니 가족들에 대한 마음의 빚도 컸으리라.

그가 살아온 전력과 민주화운동에 대한 기여에 비하면, 이강 선생은 자신을 내세울지 모른다. 야바위 민주화운동가들이 자신의 무용담을 늘어놓을 때 묵묵히 듣고만 있고, 말하기 좋아하는 사람들이 청춘을 팔아 노후의 안전을 도모할 때도 그는 늘 그 자리를 지킬 뿐이었다.

작가는 이강 선생의 눈을 주목하였다. 하나는 텅빈 눈, 또 하나는 뜬 눈이다. 그 서로 다른 눈이 그의 삶을 말한다고 본 것이다. 오른쪽 눈은 뜬 눈이다. 김남주의 친구로서, 광주 전남지역 민주화운동의 선구자로서 민중의 고통에 눈 감지 않았고, 시대를 꿰뚫어 보는 눈이다. 왼쪽 눈은 텅빈 눈이다. 보이지 않는 눈이고, 어둠의 눈, 박해받은 눈이다. 이강 선생은 이웃과 민중 그리고 역사를 바라볼 때는 오른쪽 눈, 자신과 자신의 가족의 고통, 눈앞의 욕심에는 왼쪽 눈으로 살아왔다. 그의 삶을 끌고 왔던 것은 왼쪽 눈이었지만, 그를 버티게 했던 것은 오른쪽 눈이었을 것이다. 나는 그 텅빈 눈이 그 삶의 무게중심으로 보였다.

오른쪽 뜬 눈을 강조한 그림은, 얼굴 윤곽만 흐릿하게 그리고 나머지는 여백으로 남겼다. 뜬 눈으로 시대의 어둠을 꿰뚫었지만 자신을 드러내 보이지 않는 그의 성품이 엿보인다. 짙고 단순한 선으로 처리한 자켓만이 그가 한 일과 행적들이 굵고 단순했음을 나타내 보인다.

왼쪽의 텅빈 눈을 강조한 그림은 얼굴의 윤곽만 그렸을 뿐 눈 코 입마저 생략했다. 자켓도 선은 내려앉고 옅은 면으로 이루어져 있다. 텅빈 눈은 망각이기도 하지만, 자신을 포함한 모든 이들의 고통을 체념한 것이기도 하다.

그 텅빈 눈만을 그린 그림을 보면서, 어쩌면 이강 선생의 삶을 이끄는 힘은 그 눈에서 나왔을지 모르겠다는 생각을 했다. 박해와 고통으로 그렇게 되었지만, 순하디순하면서 아무런 두려움도 욕심도 없어 보인다. 코끼리의 눈처럼….

뜬 눈과 텅빈 눈을 함께 그린 그림에서 비로소 그가 그답게 보인다. 그 뜬 눈과 텅빈 눈으로 함께 보아야 비로소 그의 뜬 눈이 얼마나 날카롭고 멀리 보고 있는지 알 수 있고, 그 텅빈 눈이 얼마나 깊게 가라앉았는지도 보인다. 그의 삶을 입체적으로 이해할 수 있는 것이다.

유수에 떠내려가는 꽃잎처럼 이강 선생의 삶도 언젠가는 도도한 역사의 강물 속에서 잊혀질 수 있을 것이다. 그러나 그가 꽃이었음은, 강물에 떠밀려간 꽃이 아니라 강물 맨앞에서 물길을 열었던 꽃이었다는 것은 기억할 수 있을 것이다.

작가가 이강 선생을 그렸던 이유도 '작가 개인의 기억을 모두의 기억으로 남기기 위한 작업'이 아닐까? 이강 선생을 이르는 많은 말들이 사라져가고, 그를 표현하는 색과 빛이 명멸하여 망각의 시절이 되어도, 그 눈빛은 남아 살아 있을 것이다. 그림이 내게 이야기를 걸어오는 것만 같다.

김호석의 초상화를 보며

- 예술의 영혼성을 생각하다 -

박두규 시인

1

모든 예술은 상상의 발현이며

인류는 삶 속에서 상상의 축적이 있었기에

그 정신이 지금껏 진화해왔고 계속 진행되고 있다고 생각한다.

상상은 인간의 정신이 가진 여러 속성 중 하나인 것인데

개개의 사람들도 제각기 그 태생적 환경이나

주어진, 혹은 스스로 획득한 삶의 환경과 조건 속에서

상상의 발현을 확장하며 개체적 삶을 살다 간다.

그 상상력은 사피언스 종만이 가진 것이며

지구의 뭇 생명들 중에서 가장 진화된 존재라는 걸 증명하는 속성이기도 하다.

그리고 그것은 인간이 가진 영혼의 문제와도 연결되어 있다고 본다.

'나'라는 존재는 몸과 마음정신과 영혼순수의식으로 이루어져 있으나

우리는 일반적으로 '몸과 마음'만을 스스로가 생각하는 '나'로 인식하며 산다.

그것이 '에고'라고 말하는 일상 현실의 자신이다.

그런 '나'는 시공간적 한계와 개체적 한계가 분명한 에고이며

그 삶은 상상의 한계와 범주 또한 함께 가지게 되어

우리는 에고의 현실 세계 안에 스스로를 묶고 살게 된다.

다시 말하면 '나'라는 감옥을 살다 가는 것이다.

하지만 우리는 그것을 깨주는 예술가나 과학자들을 드물게 보아 왔다.
그들은 잠시 그 에고를 벗어나 초의식의 영감과 직관 속에서
인간이 가진 상상력의 한계를 뛰어넘어
존재의 본질로, 우주의 마음으로, 그 지고의 의식이라고 할 수 있는
'영혼'의 영역으로 들어가는 것이다.
그리하여 우리에게 찰나의 시간 속에서 무한을 느끼게 해 준다.
사피언스 종의 상상력을 가진 존재로의 진화는
이제 영적 존재로의 진화라는 의식 확장의 단계까지 왔다고 생각한다.

'영혼'은 예로부터 삶과 죽음 속에서 거론되었으며
그 단어는 지금에 와서는 여러 많은 의미로 혼용되고 있어
일상의 생활 속에서 그 의미망은 매우 넓어졌고 혼란스럽다.
그리고 영혼의 문제는 과학에서도 무어라 확신할 수 없는 영역이다.
하지만 그것은 인류의 역사가 기록되면서부터 꾸준히 말해졌던 것이며
여러 종교의 창시자와 함께 그 중심에 있는 것이며
어느 시대에나 그것을 깨친 현자들과 구도자들이 있었고
예술 속에서도 어떤 의미나 수준에서든 꾸준히 거론되어 왔고 지금도 마찬가지이다.

그들이 말하는 그 '영혼'은
현실 삶의 에고에 가려져 있어서 일상에서는 접하기 어려운
스스로의 안에 있는 신성이며, 구도자들이 이르려는 '그것'true self 이기도 하다.
그리고 누구에게나 있고 몸과 마음과 영혼의 합일을 통해 이를 수 있다는
우주적 의식이고 지고의 의식이기도 하다.
21세기에 들어 과학기술은 인류의 모든 기억을 하나로 집적해낼 수 있게 되었고
AI와 같은 삶의 현실에서 활용할 수 있게 된 그 기술적 능력은
이제 개체적 인간이 스스로 넘을 수 없는 것이 되었다.
그래서 어쩌면, 예술은 기도나 명상처럼 인간의 '영혼성'을 확장하고 일구는
그런 영역으로 더욱 나아가고 다져져야 한다는 생각이 드는 것이다.

2

나는 김호석의 초상화들을 보면서 이런 생각을 해 보는 것이다.
그의 초상화가 그런 것에 가까운 것인지 아닌지는 잘 모르겠다.
다만 그의 초상화가 무엇인가 나에게 이런 생각을 하도록
어떤 영향을 미치고 있다는 생각이 드는 것이다.
수묵으로 치는 동양화의 사물이나 인물을 그려내는 사실화는

사실이라는 점에서 그 상상의 한계와 범주를 갖는 것이 일반적이다.
하지만 김호석의 초상화를 보면
일반적 상상의 한계와 범주를 뛰어넘게 하는
강한 정신과 에너지를 느낄 수 있었다.

초상화에 들어 있는 인물들은 누구의 작품이든
당연히 작품 안에서 그 인물만의 스토리를 가지게 되며
그것은 작가적 상상력에 의해서 형상화되지만
그 상상은 대부분 현실 세계라는 팩트의 한계 안에 있다.
그런데 김호석의 초상화를 보면
그림 속 그 사람의 몸과 마음만이 아닌
본연의 우주의 마음, 그 영혼까지를 입혀내어 작가의 혼으로
한 인물의 영혼성까지를 재창조하려는 강한 의도성이 느껴진다.
나는 그림을 많이 보고 공부한 사람도 아니고
어쩌면 문외한이라고 할 만큼 이쪽 세계를 모르는 사람이지만
초상화라는 분야는 오래전부터
앞서 말한 그 개개인이 가지는 얼을 그려내려 했던 작업이고
그렇게 깊게 연루되어 진행되어왔다고 생각한다.

그리고 김호석의 초상화를 보면 단지 그 개인이 살아온 삶
그 사람의 외면이나 내면을 보여주는 정도를 넘어서
한 인간의 얼과 함께 그 영혼성을 그려내려는 노력을 느낄 수 있었다.

개개 인간의 본래면목이라고 할 수 있는 우주적 마음

그 절대의식, 지고의식으로써의 영혼성을 강하게 상기시키고

그를 통해 인간 개개의 개체의식 속에 있는 영혼

그 본질적 무한성과 영원성을 느끼게 해 주는 것이다.

나는 그림을 공부하거나 각별하게 보아온 사람도 아니고

김호석의 그림을 오랫동안 특별히 보아온 사람도 아니지만

그의 그림은 단순한 수묵 초상화가 아니라는 것은 느낄 수 있었다.

앞서 말한 어떤 것을 언급하고 있는 그림이라는 생각이 강하게 들었다.

그리고 그림 속에서 그런 작가적 에너지를 느낄 수 있었다.

그의 초상화를 보면서 나는 김호석이라는 사람이 궁금해졌으며

수묵이 가진 표현의 한계와 그 어떤 영역성을 넘어 표출되고 있는

그의 예술세계에 호기심을 갖게 되었다.

그의 예술이 영혼의 그 깊은 내면, 그 새로운 영역에 발을 담그고 있다는

그런 생각과 함께 작은 충격으로 온 것이다.

3

나는 어떤 인연으로 이 글을 쓰고 있지만

사실 초상화 속의 인물인 이강이라는 분은 잘 모른다.

광주의 5·18과 군부독재의 시절

민주화 항쟁의 한복판을 살았던 시인 김남주의 친구이고

남민전 전사였으며 민주화운동에 헌신하신 분이라는 정도가 전부이다.

개인적으로는 1년에 한 번 망월동에서 진행되는 김남주 추모제에서

볼 수 있었고 그때 인사를 하는 정도의 인연이 있었던 분이다.

나는 그의 초상화를 보면서

그 개인으로부터 오는 나의 어떤 감흥은

딱히 손에 잡히지는 않았지만, 그 초상화가 거느리고 있는

어떤 강한 에너지를 느낄 수 있었고

그것이 김호석의 초상화들이 가지는 힘이라고 생각한다.

그것은 어쩌면 요즘 내가 집중하고 있는 개인적 작업과도

인연이 닿은 것이라고 생각하면서 굳이 이런 글을 써보는 것이다.

주저리주저리 그림에 대해서 이야기할 수 있는 실력이나 그 무엇도 없기에

이야기를 세밀하고 길게 풀어내지 못한 것을 미안하게 생각하며

다만 김호석 선생과 이강 선생께

누가 되지 않기를 바랄 뿐이다.

나는
‘청송녹죽’이라 쓰고
‘이강’이라고 읽는다

김형수 시인

'청송'과 '녹죽'

내게 '청송녹죽'이라는 낱말을 각인시킨 건 김남주의 시였다. 훗날 김남주 생가에 드나들면서 보니 역시 시인의 영혼과 연결된 '배꼽' 같은 자리에 소나무와 대나무가 어우러진 숲이 있었다. 옛날에 저녁마다 황새들이 찾아오던 귀소의 자리인데, 머슴이었던 아버지가 여기에 집을 지어 독립 가정을 이루었다. 그래서 '황새울'이라는 지명을 얻은 일대는 황혼 풍경이 일품이다. 일과를 마친 생명체들, 사람이며 새뿐 아니라 먼 들판의 안개들도 밀려와 하룻밤을 묵는다. 대지의 저녁 그림자가 드리워진 장소에서 어린 영혼도 자고 깨고 했으니, 청송녹죽은 심연의 물상이 되었을 것이다.

집 뒤쪽으로 사철 푸른 소나무 대나무들이 떼를 지어서 휩쓸리는 음향은 인간의 정서를 한껏 휘젓는다. 밤마다 숲은 바람을 품고, 뒤란에는 댓잎인지 콩새인지 알 수 없는 것들이 팔랑거리며, 전쟁터에서 표창이 날아와 떨어지듯이 바닥에 쌓인다. 한겨울 눈더미도, 날카로운 서릿발도 그 푸름을 어쩌지 못한다. 그래서 김남주는 인간의 결기를 노래할 때 '청송녹죽'이라는 표현을 썼다. 나는 김남주 평전을 쓰면서 여러 번 그 집에서 잤는데, 그 푸른 생명의 빛을 볼 때마다 이상하게 '이강'이라는 이름이 떠오르곤 했다.

내가 이강 선생님이라 하지 않고 '이강'이라 부르는 까닭은 이분의 삶이 보통명사처럼 커다란 하나의 이미지를 제공하기 때문이다. 물론 나는 거기에 사담을 얹을 게 별로 없다. 늘 먼발치로 뵈었다. 하지만 그것이 김남주의 삶과 시에서 이강이라는 이름이 차지하는 무게와 의미를 가볍게 하지는 못한다. 김남주 문학의 속살이라 할 곳에 빠짐없이 그의 지문이 찍혀 있었다. 예컨대, 김남주의 시 중에 〈전향을 생각하며〉가 있는데, 독자는 김남주에게 이런 시가 있다는 사실 자체가 낯설 것이다.

> 나는 내 최후의 그림자가 감옥의
> 벽에 쓰러지는 것을 보고 싶지 않았다
> (…)
> 솔직히 말해서 나는
> 무덤을 지키는 지조 높은 선비는 아니다

재판받고 구속당하는 시간도 아껴서 투쟁하고 싶다는 심정적 언표인데, 이는 어떤 독자도 받아들일 준비가 되지 않은 가파른 노래이다. 그래서 부제를 '내 제일의 벗 강에게'가 장식하고 있는바, 김남주가 이런 말을 털어놓을 수 있는 대상은 단 한 사람뿐이었다. 바로 김남주의 모든 페이지에 유령처럼 동참하는 이름 이강이었다. 둘은 형제가 아니지만, 역사를 사는 시간 속에서 늘 형제 이상이었다. 그래서 나는 김남주가 '청송'이라면 이강은 '녹죽'이라고 생각한다.

이 글은 그에 관한 '약전'이 되는 셈이다. 그러나 이 '약전'은 김남주를 취재하면서 얻은 삽화들의 모음이라 결코 이강 생애의 정본이라 할 수 없다.

어린 시절

이강은 본디 원주이씨 양반 집안의 후손으로 유학자 가풍이 엄격한 환경에서 자랐다. 일찍이 할아버지가 설립한 학교에서 아버지가 교직을 맡았는데, 실력이 뛰어나다는 평판이 자자했다. 매해 6학년 진학반 담임을 했다니, 자녀들도 다 그 밑에서 배웠을 것이다. 집안 형편이 넉넉한 건 아니나 어른들이 대대로 인성과 기품을 중시했으므로 자녀들의 행동거지가 늘 정돈돼 있었다.

형제도 다복하여 어머니가 자식을 열 명이나 낳았는데, 두 명이 죽고 여덟 명이 자라면서 우애가 매우 돈독했다. 특히 둘째 이강은 아버지의 영향을 받아서 어릴 때부터 세상이 돌아가는 속을 꿰고 있었다. 그로 인한 일화들이 발견되는 건 중학 시절부터이다.

이강이 해남중학교에 들어간 시기는 도회지에서 연일 데모가 일어나고 라디오에서 시국 뉴스가 끊이지 않던 4월이었다. 정원 60명인 학급에 그것도 보결로 등록한 까닭에 그는 마치 뒷문으로 들어온 학생처럼 입학식을 한참 지나서야 강의실에 배정되었다. 때는 4월도 중순에 이르러 있었고, 그의 등록번호는 합격자 수를 훨씬 초과한 72번이었다. 입학금 처리가 잘못되어서 늦게 들어간 경우인데, 하필 처지가 비슷한 학생이 71번으로 입학하여 같은 2인용 책상을 함께 쓰게 되었다. 그가 김남주이다. 급우들은 첫 시험의 결과가 나올 때까지 둘의 정체를 알 수 없었다. 하지만 서로는 서로를 금방 알아보았다. 등교한 지 사흘 만에 터진 4·19 소식에 만면에 희색을 띠고 나타난 사람이 둘뿐인 까닭이었다.

"이승만이 목소리 떠는 거 너도 들었구나."

이강의 태도는 마치 어른 같았다. 나이는 어리지만 무사 같은 기개가 있었다고 한다. 그에 비하면 김남주는 가풍이랄 것이 없는 집에서 자랐다. 그래서 자유롭고 솔직한 대신에 옷자락에 법도가 묻어있지 않았다. 그래도 늘 깨어 있는 사람이라 시국 이야기를 나누며 친해졌다 하니, 3·15 부정선거 때 시위하다 실종된 학생이 마산 앞바다에서 눈에 최루탄이 박힌 채 떠오른 사건을 이야기한 것이 둘의 첫 토론이었을 것이다.

그 외진 골짜기의 아이들이 머나먼 도회에서 일어나는 세상의 격변을 논담하는 모습은 무협지 같은 느낌을 준다. 게다가 두 사람에게 역사의식을 심어주는 선생님까지 있었다. 하대성이라고 하는 세계사 선생님은 『그리스 로마신화』에서 『플루타크 영웅전』, 동양의 『사기열전』 따위를 '종횡무진'했는데, 설명이 어찌나 재미있는지 선생님이 원문을 소개하면 두 사람은 하나도 놓치지 않고 외워버렸다. 그리고 날마다 붙어 다니더니 3학년 겨울방학을 앞두고 같이 살게 되었다. 삼산면에서 통학하던 김남주가 읍내 이강의 자취방으로 거처를 옮긴 것이다.

김남주와 이강에게 가족이란 생물학적으로 피를 나눈 관계만을 의미하는 게 아니었다. 두 사람이 얼마나 끼고 살던지 그 형제들도 서로를 가족으로 여겼다. 이강의 집은 말할 나위도 없고, 어머니의 눈이 불편한 탓에 친구를 집에 데려가지 않는 김남주도 이강만큼은 자신의 그림자라도 되는 양 달고 다녔다. 둘 다 학교 성적이 최상위권에 있으나 질투나 경쟁심 같은 건 끼어들 여지가 없었다. 학교에서도 이들에 대한 기대가 크고, 두 사람도 매일 등교하면서 영어 단어 다섯 개, 숙어 다섯 개, 수학 공식 다섯 개씩을 메모지에 적었다가 하교할 때 바꿔서 채점해 주었다.

그리고 여기에 인상 깊은 장면이 더해진다. 두 사람은 날마다 사과 하나와 우유 한 병을 사 먹곤 했다. 돈이 없는 날은 사과 하나를 둘로 쪼개고, 우유를 반병씩 나누어서 먹었다. 김남주의 시에 나오는 '사랑'의 표본이 여기서 만들어진 것이다.

> 사랑만이
> 인간의 사랑만이
> 사과 하나 둘로 쪼개
> 나눠 가질 줄 안다

- 김남주의 시, 〈사랑1〉 일부

데모꾼들

이강이 고향을 떠나 바깥세상으로 나간 것은 중학교를 마친 뒤이다. 고교 입시 때 두 사람은 나란히 광주고등학교에 지원하였다. 그런데 결과를 보니 이강은 합격인데 김남주는 낙방이었다. 사과 한 알이 반쪽은 상에 오르고 반쪽은 바닥에 떨어진 셈이다. 이런 유의 경험들은 쓴맛을 보는 자를 시인으로 만들기 십상이다. 그래도 김남주는 이강을 따라 광주로 가고, 이강은 학교보다 김남주에게 사용하는 시간이 많았다.

이듬해에 광주일고 입학식을 맞은 집안 동생 이개석에 의하면 그날은 1964년 3월 2일이었다. 광주일고에 이강이 찾아온바, 김남주의 입학을 축하하는 행차였다. 그 일을 이강은 자기 일처럼 기뻐해서 셋이서 점심을 먹고 또 영화를 봤다. 옛 광주역 근처에 있는 제일극장에서 입장료는 김남주가 냈으며, 관람한 영화는 '북경의 55일'이었다. 중국 의화단 사건 때 비밀결사한 농민들이 북경에 와서 서양인들을 무차별적으로 공격하는 내용인데, 막판에 미군이 등장하자 관객이 기립해 갈채를 보냈다. 둘은 이 같은 인식 수준을 하나하나 뛰어넘는 과정을 함께 하게 된다.

당시 김남주의 하숙집은 동명동에 있었다. 그곳에 이강이 나타나면 김남주는 인근 여학생이 제 앞으로 지나간 사실을 축복처럼 이야기했다. 여학생이 지나다니던 골목, 흔적도 남지 않은 발자국, 여학생을 스쳐 간 바람결까지도 마구 자랑했는데, 그 남동생이 눈에 띌 때마다 불러서 챙기는 모습이 실소를 금치 못하게 하는 수준이었다. 정작 마주치면 말 한마디 못하고 얼굴을 붉히는 사람이 이강만 만나면 활달해졌다는 건 신기한 일이다. 그래서 둘은 하나씩 떼어놓으면 범상한 소년들에 불과하지만 합해 놓으면 늘 놀라웠다고 한다.

소속 학교가 달라도 찰떡같이 붙어서 둘만의 독서와 토론에 매달리느라 학교생활에 충실하지 못할 정도였다. 게다가 고교 1학년 때부터 정부에 비판적인 집회를 빠지지 않고 찾아다녔다. 한 번은 함석헌 선생이 강연회를 한다고 하여 수업 시간을 빼먹고 들으러 가자 동급

생들이 걱정되어 말리기도 했다. 학교보다 정치 집회를 우선시하는 고등학생은 그들밖에 없었다.

그러다 정치 집회가 단골로 열리는 광주공원까지 찾아가서 흠씬 최루탄을 뒤집어쓰고 돌아오더니 더욱 극성스러운 데모꾼이 되었다. 한일굴욕회담 반대 시위에 열중한 것이다. 여기에 이강의 모교는 적극적인 데 반해 김남주의 학교는 매우 소극적이었다. 그래서 김남주가 출세 지향적인 학교 분위기를 미워하더니 끝내 자퇴하고 말았다.

그토록 성격이 다른 사람이 그토록 조화롭게 호흡할 수 있다는 데 세상의 오묘한 이치가 숨어 있는지 모른다. 끝 모를 행동가와 끝 모를 독서가, 둘의 조합은 매우 환상적이었다. 김남주는 자퇴한 지 몇 달 만에 대입 검정고시를 통과하여 이강과 입시 준비를 함께하게 되었다. 물론, 둘의 관심은 늘 세상이 어떻게 돌아가는지에 꽂혔고, 공부보다는 새로운 시대를 이끌어갈 지적, 사상적 유산에 도취해 있었다. 조숙하게도 서양의 아나키즘 따위, 또는 우리나라의 다산 정약용과 단재 신채호, 동학농민혁명 따위에 주목하면서 열심히 사상 서적을 찾아내어 토론하곤 했다.

그만큼 입시 공부는 뒷전이었으니, 서울대학교 시험에서 떨어질 수밖에 없었다. 정해진 텍스트 몇 개를 셀 수 없이 반복해서 읽고 암기하는 입시 공부는 뒷전이고, 독자적 인식 체계는 아직 확립되지 않은 시절이었다. 그래서 이강은 틈만 나면 이희승의 『국어대사전』을 전당포에 맡기고 용돈을 만들어서 일행을 극장으로 끌고 가고는 했다. 그러다 보니 재수가 삼수가 되고 다시 사수에 이르렀다.

김남주, 이강, 이개석이 서울대 시험을 보러 가면 매번 도서관에서 밤을 새웠다. 그리고 아침에 고사장으로 가느라 원남동 로터리를 지나는데 재수 없이 군인들이 가로막고 불심검문을 실시했다. 당시 서울대학교 교정이 지금의 대학로인데, 김신조 부대의 침투로 혜화동까지 갑호 비상이 내려져, 아무리 입시생이라고 말해도 샅샅이 뒤지는 바람에 얼마나 기분이 상했는지 모른다. 시험에도 집중하지 못하고 돌아오는 길에 김남주가, 이번 결과에 따라 목표를 재조정할 필요가 있겠다는 심사를 털어놓았다.

이강도 다음 해부터 예비고사 제도로 입시 교과가 전 과목으로 늘어나는 만큼 재수생이 서울대를 꿈꾸는 것은 무리라고 동의했다. 그래도 이개석은 가정 형편상 서울대가 아니면 학비를 벌 수 없으므로 자기는 무조건 서울대에 응시할 수밖에 없다고 했다. 이렇게 심란하기 그지없던 여름에 중앙정보부가 '통일혁명당 지하간첩단 사건'을 발표했는데, 73명이 체포되고 7명이 처형되는 대형 공안 사건이었다. 둘은 여기에 매우 예민하게 반응했다. 이강이 말했다.

"우리가 시험만 보고 있을 수는 없을 것 같다."

이게 서울대를 포기한 결정적 이유였다. 나이도 들 만큼 들어서 언제까지고 입시생으로 있을 수도 없었으며 머릿속의 생각도 여물대로 여물어 고등학교 참고서나 뒤적일 형편이 아니었다. 그리하여 이개석만 서울대 원서를 사고 두 사람은 전남대학교에 원서를 냈다. 그리고 시험을 봐서 셋 다 합격통지서를 받았다.

강제로 징집된
제3세계 병사의 무용담

이강이라는 상록수 한 그루가 푸른 소나무보다도 더 푸른빛을 발하게 되는 것은 대학 시절부터라 할 수 있다. 그가 전남대에 입학하여 박석무를 알게 된 건 크나큰 행운이었다. 역시 김남주와 함께였는데, 이강은 박석무 선배를 만난 날 밤늦게까지 세상 이야기에 빠져들었다. 특히 선배가 입에 침을 튀겨가며 장광설을 펴다가 요소요소에 맞는 시를 찾아서 낭송하는 모습은 너무나 강렬한 자극을 주었다.

"야 너희들 한번 들어봐. 이게 우리 현실이야. 이게 4·19가 남겨준 우리 문학의 유산이야. 읽어 볼게 들어봐."

이강과 김남주는 박석무 선배에게 세상 얘기를 듣고 돌아올 때면 각자 헤어지기가 싫어서 이강의 집으로 가곤 했다. 그리고 그게 잦다 보니 김남주가 하숙을 접고 이강의 자취방에 눌러앉고 말았다. 그때 이강은 두 칸짜리 방에서 세 명의 동생과 함께 살았으니, 방 하나는 여동생 이정이 쓰고, 또 하나는 이강과 동생들, 즉 광주농고에 다니는 이건 그리고 이황이 차지했다. 당시에 이정은 장갑공장에서 기계로 짠 목장갑을 가져다가 '손가락 부분 마무리'를 짓는 부업을 하느라 윗목에 일감을 쌓아둬야 했지만, 이황이 그 방으로 옮겨가지 않을 수 없었다.

그래도 둘은 실컷 토론하고, 마음껏 책을 읽어도 굶는 일이 없으니 신나기만 했다. 식사 때가 되면 다섯이나 되는 숫자가 둘러앉은 밥상머리에서 이황의 입이 짧아서 반찬이 짜네, 시네, 투정하느라 젓

가락을 깨작거리기가 일쑤였다. 김남주가 그 버릇을 고치자고 궁리하다가 습작 시인지 낙서인지 모를 글을 써서 바람벽에 붙였다. 아마도 이것이 김남주가 쓴 최초의 시일 거라고 한다.

그 무렵에 학교에서는 교련 반대 시위가 시작되어서 두 사람은 연일 데모에 앞장섰다. 시위대 속에서 이강이 특히 도드라지더니 어느 날 갑자기 군대로 끌려가고 말았다. 강제 징집된 것이다. 그래도 김남주는 이강의 자취방에 남았다. 동생들이 이강을 대하듯이 다들 극진하게 했으므로 김남주는 취사는커녕 연탄불이나 설거지통에 한 번도 손을 대본 적이 없었다. 그러다 이강이 휴가를 나오면 두 사람은 다시 신이 나서 돌아다녔다. 박석무 선배도 찾아가고, 장기수 출신 이기홍 선생의 집에도 찾아다녔다.

이기홍 선생은 일제강점기 때 광주학생독립운동을 주도했던 어른으로서 전쟁 때는 빨치산 투쟁에 나서서 옥고를 치렀으며, 4·19 후에도 사회당에 몸을 담고 조직 활동을 멈추지 않았다. 5·16을 겪고 군사독재를 맞아 억압이 극심해지는 폭정의 세월에도 굴하지 않고 독서와 사색으로 고독을 견뎌낸 역사의 증인이었다. 이분에게 받은 영향이 컸다.

바로 이 시절을 장식하는 무용담이 있다. 예컨대 이강은 입대하자곧 미8군 직속인 카투사에 배속되어 판문점 파견근무를 나갔다. 대학에서 삼선개헌 반대, 교련 반대 시위로 유명한 사람이 카투사 시절이라고 얌전할 까닭이 없었다. 미군에게는 한국의 카투사야말로 제3세계 병사에 불과했으므로 부대에서 싸우는 일이 잦았다. 그때마다 이강이 한국 동료들을 대표했는데, 생활영어에 어둡다 보니 미군들에게 욕설을 퍼붓지 못하는 게 늘 안타까웠다. 까닭에 화내는 데 필요한 영어를 습득하려고 미군도서관에서 책을 뒤적이다가 깜짝 놀랄 사실을 알게 되었다. 그곳에는 김남주가 사족을 못 쓰고 좋아하는, 소위 금지된 서적들이 수두룩했다. 그 일부를 광주로 보내면 김남주가 밤잠을 마다하고 번역에 몰두할 것이 틀림없었다.

김남주는 고교 1학년 때 3학년까지 포함한 전국 고등학생 영어 숙어단어 경시대회에서 1등을 한 사람이었다. 이강은 친구를 위해서 우선 『러시아혁명사』부터 빼내기로 했다. 한국에 파견온 미군들의 수준이라는 게 하나같이 도서관에서 그것도 사회과학 서재를 기웃거릴 리 만무한 까닭에 책을 훔치기는 너무나 쉬웠다. 문제는 외출 나올 때 피엑스 물품을 빼돌리지나 않는지 단속한다는 점이다. 그래서 늘 한 권씩 들고 나가 누나 집에 맡겼다가 우체국 소포로 부쳤는데, 김남주가 받아보고는 난리가 났다.

"강아, 훌륭하다. 부대 도서관에 있는 책을 몽땅 빼내서 나한테 다 보내라."

이강은 금방 묘안을 찾아냈다. 카투사 친구들이 서울에서 여대생들과 미팅을 했는데, 이들이 하나같이 미군부대에 면회오는 것을 너무나 좋아했다. 그래서 자신의 파트너가 된 재은이라는 학생에게 면회를 오라고 부탁해서 책 심부름을 맡겼는데, 고맙게도 미군부대에서는 여자들의 소지품은 절대로 수색하는 법이 없었다. 이강은 그래서 커다란 핸드백을 가져오게 하여 책을 여러 권씩 빼내다가 광주로 발송했다. 영문판 레닌이며 모택동, 체 게바라와 관련된 원서들을 차례차례 훔치다 보니 50권이 넘었다. 이 책들로 인해 그들의 세계 인식은 한없이 넓어지고 한없이 깊어졌다.

녹두꽃이되자 하네

이토록 푸른 대나무 같은 영혼들이 한창 무성해지는 시기에 세상이 중병을 앓는 것만큼 위험한 사태는 없다. 그러니까 이강이 군 복무를 마쳤을 때 김남주는 매우 힘든 고비를 넘고 있었다. 교련 수업 거부로 졸업장도 받을 수 없고, 다른 진로도 없었다. 김남주는 '펜대'를 놀려서 민중을 착취하는 '화이트칼라'를 파충류만큼이나 싫어했다. 그래서 농민이 되기로 마음먹고, 이강에게 전남대 학생운동 상황을 요약하여 인계한 뒤에 귀향을 택했다. 그리고 아버지 곁에서 농사일을 거들다가 1972년 10월 17일 정확히 오후 7시 라디오에서 어처구니없는 뉴스를 듣게 되었다. 박정희가 '대통령 특별선언'을 내놓았는데, 내용이 비상계엄령 선포, 국회 해산, 정당 및 정치 활동 금지였다. 헌법의 일부 기능이 중지된다는 소식에 김남주는 밥상머리에서 자신도 모르게 욕설을 내뱉었다.

"이런 싸가지 없는 새끼가 다 있나."

다름 아닌 대통령을 향해 퍼부은 일갈이다. 식구들의 눈이 일제히 동그래졌다. 도대체가 성깔이라곤 없이 물러터진 김남주가 무엇 때문에 저리 사나운 말을 내뱉게 되었을까? 아버지가 놀라는 줄도 모르고 오직 박정희가 제2의 쿠데타를 감행한 사실에 분개한 것이다. 그래서 저녁상을 물리치고도 한동안 씩씩대다가 결국 우체국에 달려가 이강에게 전화를 걸었다.

"나 내일 올라가마. 뭔 짓이든 해야 하지 않겠냐?"

일제강점기에 독립군을 잡으러 다니고 죽이는 일을 하던 일본군

장교였던 자가 독립된 나라에서 대통령 자리를 차지했다는 사실을 그들은 늘 치욕으로 생각했다. 게다가 박정희는 수많은 청년 학생들의 희생으로 들어선 4·19 정권을 쿠데타로 짓밟은 자였고, 사회가 안정되면 군인으로 돌아가겠다는 약속을 헌신짝처럼 걷어찬 자였다. 그리하여 김남주가 광주에 닿자마자 이강과 이마를 맞댔다. 어떻게 해야 박정희에게 뼈아픈 한 방을 날릴 수 있을까? 좀처럼 해법을 찾을 수 없었다. 궁리 끝에 박석무 선배를 찾아갔으나 뾰족한 답이 없었다. 박 선배는 오히려 「녹두지」라는 유인물을 제작해서 배포한 이야기를 꺼내더니, 갑자기 녹두장군 이야기를 멈추지 않았다. 선배가 특히 열을 올린 대목은 친구 조태일 시인이 동학 이야기를 서사시로 쓰겠다고 해서 답사를 다니던 경험담이었다.

이를 듣고 돌아오는 길에 이강이 김남주에게 동학군 진군로를 걷자고 제안했다. 독재에 저항하려고 작정한 터에 역사를 돌아보는 성찰의 시간이 필요했고, 가장 적절한 장소가 동학농민혁명 전적지라고 본 것이다.

다음 날 아침에 이강은 사진기를 빌려서 김남주와 함께 정읍행 버스를 탔다. 그리고 전봉준 생가와 백산 전적지와 황토현을 도는데, 놀랍게도 두루마기를 입은 시골 어른들이 동학군 전적지를 찾아와 시국토론을 하는 장면을 보게 되었다. 여기에 감동한 김남주가 즉흥적으로 격문을 지었다. 이것이 〈노래〉라는 시요, 여기에 곡을 붙인 게 '죽창가'라는 민중가요였다.

이 두메는 날라와 더불어
꽃이 되자 하네 꽃이
피어 눈물로 고여 발등에서 갈라지는
녹두꽃이 되자 하네

이 산골은 날라와 더불어
새가 되자 하네 새가
아랫녘 윗녘에서 울어예는
파랑새가 되자 하네

- 김남주 시 〈노래〉 일부

그리고 둘이서 전봉준의 '창의문'을 읽고 감동한 끝에 떠올린 구상이 현대판 '창의문'이라 할 지하신문을 내는 일이었다.

이강은 답사를 마치고 돌아와 곧장 행동에 돌입했다. 전세를 빼서 사글세로 옮기고, 나머지 돈으로 지하신문을 만들기로 한 것이다. 전체 진행은 이강이 맡고 유인물 내용은 김남주가 쓰기로 했다. 김남주는 한 줄 한 줄 떠오를 때마다 이강에게 적절성 여부를 묻고 토론했다. 중간에 이강이 느닷없는 제안을 했는데, 정서적 호소가 중요하므로 시를 한 편 싣자고 한 것이다. 김남주는 데모용 선언문을 쓴 경험은 있지만 시는 써본 적이 없었다. 그래서 나라 안팎의 시집과 정치적 선동이 담긴 책들을 뒤져서 모델을 찾았다. 국내 시인으로는 한용운의 『님의 침묵』, 이육사의 『육사시집』, 김수영의 『달나라의 장난』, 김지하의 『황토』를 검토했는데, 유인물에 싣기에 마땅한 작품이 없었다.

한국의 시들은 대중의 정서에 호소하기보다 자기성찰에 맞춰 있었고, 김지하의 〈들녘〉이나 〈사월〉은 예술적 감각이 고급스러워서 일반 대중의 가슴에 불을 놓을 수 없었다. 김수영의 〈푸른 하늘을〉이 비교적 명징했으나 이강이 보니 너무 추상적이었다. 압제자에 대한 분노를 직접적으로 드러내야 한다는 말에 김남주가 러시아 혁명기의 시를 뒤지느라 골머리를 앓았다. 그렇게 해서 내용을 채우자 이제 제작할 차례였다. 이강은 김남주와 함께 박석무를 찾아갔다. 박석무는 당시에 북성중학교에 근무하는 중이어서 시험문제를 낼 때마다 줄판을 사용하던 터였다. 이강은 복잡한 말을 꺼낼수록 의심할 것이 분명하므로 거두절미하고 단도직입적으로 용건을 전했다.

"석무 형, 저 등사용 줄판 좀 빌려주세요."

박석무가 빤히 쳐다보면서 물었다.

"니가 줄판을 쓸 일이 어디 있다냐?"

"학비 벌려고요. 중고생 학습지 사업을 하게 됐거등요."

박석무가 속을 사람이 아니었다. 그래서 한참을 말없이 쳐다보다가 나직하게 타일렀다.

"강아, 혹시라도 유인물 만들지 말아라이. 니가 지금 군대 제대한 지 며칠이나 됐다고 나서냐. 남주는 언제 온다냐? 오면 차분하게 상황 판단을 해 보자."

하지만 그 말이 귀에 닿을 턱이 없었다. 이강은 곧장 양동시장으로 가서 고물상을 뒤진 끝에 중고 줄판을 하나 찾아냈다. 그리고 집에 돌아와 동생들을 불렀다.

“내가 중요한 문건을 하나 만들어야겠다. 너희들이 줄판에 대고 원지 좀 긁어주라.”

여기에 여동생 이정, 남동생 이황, 집안 조카 이정호가 동원되었다. 그리고 이강은 김남주와 함께 심야에 나가서 「함성」지를 대학가와 주요 고등학교에 뿌렸다.

다음날 김남주는 해남으로 가고, 이강은 시험을 보러 학교로 나갔다. 등교하면서 반응을 살펴보니 전남대학교는 물론이고 광주가 발칵 뒤집혀 있었다. 이미 정보기관이 움직이기 시작했고, 경찰들이 각지에서 유인물을 수거했다. 이강은 학교에 닿자마자 김정길을 만났는데, 그가 은밀하게 「함성」지를 꺼내 보여주었다.

“아까 오다가 주웠네.”

이강도 시치미를 뚝 떼고 물었다.

“나도 한 장 줄랑가?”

당연히 거절당했다. 곳곳에서 교련 반대 시위 주동자들이 유인물을 소지하고 있다가 이강에게 보여주었다. 몇몇 학우들이 ‘굉장한 명문’이라고 수군대면서 누가 했을지 짚어보기도 했으나 아무도 이강을 의심하는 사람은 없었다. 그러나 해가 바뀌자 수사망이 점점 좁혀왔다. 이강과 김남주는 대인시장 한성다방에서 만나서 급히 역할 분담을 다시 했다.

「함성」지를 뿌리기 이전까지 우리나라 학생운동은 애오라지 서울대 중심이었다. 1971년 교련 반대 데모가 고려대에서 시작된 정도였는데, 그 외의 학생운동은 모두 서울대 문리대에서 주동하고 나머지 대학이 따라 하는 방식에 예외가 없었다. 두 사람은 ‘광주 운동의 광주 주도성' 문제를 고민하다가 지금은 어떻게든 '서울 놈들을 움직이게 해야 한다'는 데 뜻을 모았다. 그래서 김남주가 거점을 서울로 옮겨서 원고 작성을 담당하고, 이강은 제작을 맡되, 사업을 전국 규모로 확대해 나가자고 결의하였다. 지하신문의 제호도 「함성」에서 「고발」로 바꿨다. 시야를 전국 규모로 넓힌 것이다.

그러나 서울로 간 김남주는 약속된 날짜에 원고를 보내오지 못했다. 이강은 새 학기부터 전국적인 반유신운동을 전개하기 위해 유인물을 온 나라에 배포할 계획을 세웠다. 그리고 얼마 후 김남주에게서 "너무 춥다. 이불이 필요하다."는 연락이 왔다. '이불'은 제2차 지하신문을 가리키는 두 사람만의 은어였다. 이강은 혼자서 「함성」지 때 사용하고 남은 원고를 토대로 하고, 박정희 유신독재의 모순과 비리를 고발하는 글을 추가로 써서 편집을 완료했다. 그리고 그것을 동생 이황과 함께 5백 장을 등사하여 이불에 싼 다음에 탁송하려고 문밖으로 꺼내는 순간 형사들이 들이닥쳤다. 중간에 탈이 난 것이다.

이강과 동생은 「고발」지 제작을 남들이 잠든 심야에 하느라 여러 밤을 새웠다. 그 시절의 주택들은 방음벽이 허술해서 조금만 딸그락거려도 소리가 크게 들렸다. 이를 심상치 않게 여긴 주인아주머니가 학생들이 없는 시간에 슬그머니 방안을 들여다봤다가 깜짝 놀랐다. 왜냐하면 그들의 자취방에 김남주가 대형 히틀러 사진을 걸어놓고 오며 가며 조롱하곤 했는데, 이를 주인아주머니가 스탈린 사진으로 생각한 것이다. 그래서 경찰에 신고하여 잠복했던 형사들이 편지를 포착했고, 김남주가 숨어 있는 서울 이개석의 자취방도 파악해둔 뒤였다.

그리하여 1973년 3월 20일, 전남도경 수사관들이 급습하여 이강은 현장에서 체포되고 전남도경 대공분실로 끌려갔다. 같은 시각에 김남주도 서울에서 체포되었다. 얼마 안 되어 이강의 동생 이정과 이황, 여자친구 이재은, 집안 조카 이정호, 또 김정길, 김용래, 이평의, 윤영훈, 이개석이 추가로 체포되었다. 김남주에게 반지를 주었던 이경순과 강희순, 김남주의 동생 김덕종도 전남도경으로 연행되었다. 박석무는 6·3운동 이후 선배 그룹 활동가였다는 이유로 '수괴'로 지목되어 숫자가 총 15명이 되었다.

세상이 망가져 있는데 자기만 출세해서 뭣하겠소

'함성지 사건'은 1심 검사가 박석무·이강·김남주에게 각각 징역 10년을 구형했으나 법원은 이강에게 징역 3년, 박석무·김남주에게 징역 2년을 선고했다. 여기에 인권변호사 홍남순·이기홍·윤철하가 무료로 변론했으며, 함석헌을 비롯해 많은 수의 젊은이가 방청하고, 국제엠네스티 도쿄지부에서도 응원한 결과 고법 항소심은 주범 박석무에게 무죄선고라는 승소 판결을 내렸다. 또 법정에서 검사는 열다섯 명의 청년이 반국가 단체를 구성하여 자그마치 대한민국 체제전복을 시도했다고 주장했으나 통치자는 유신체제에 대한 반발이 불과 두 달 만에 터져 나온 사실을 감추기 위해 관련자 전원을 항소심에서 풀어주었다.

그러나 이강의 집안은 이미 풍비박산이 난 후였다. 박석무와 김남주를 빼고는 관련자 대부분이 이강의 동생이거나 집안사람들이었던 까닭에 경찰은 수사 과정에서 해남 마산 시골에 박힌 원주이씨 집성촌을 산산조각이 나도록 부숴버렸다. 이강의 아버지를 비롯하여 교직에 있던 친척들이 죄다 파면당하고 고향 마을은 '빨갱이 동네'로 낙인찍혔다. 하지만 그 어떤 일도 카투사 시절의 여자친구를 구속 수사한 일만큼 이강을 고통스럽게 만든 건 없었다. 이재은은 오직 이강의 책 심부름을 했다는 이유 하나로 서울에서 광주까지 압송되어서 공포 분위기 속에서 취조당하는 바람에 몇 번씩 기절하고는 했다.

그래도 세상에는 반드시 희생으로 인한 또 다른 질서가 만들어지게 돼 있다. 이 사건을 지켜본 수사관이 어느 날 사적으로 이강을 찾아와 물었다. 예컨대 당신들은 누군가에게 세뇌당한 사람도 아니고, 실력도 갖췄으며, 무슨 일을 해도 성취를 이룰 수 있는 인재인데, 왜 자꾸 망하는 길을 가려고 발버둥을 치는지 알 수 없다는 내용이었다. 그가 아무리 생각해도 이해되지 않는다고 하자 이강이 이렇게 답해줬다.

"형사님은 그것이 어렵소? 세상이 망가져 있는데 자기만 출세해서 뭣하겄소?"

이 같은 태도는 누가 딱히 일러주지 않아도 발 없는 말이 되어서 천 리를 퍼져나갔다. 그래서 얼마 후에 서울대학교 학생들이 이강을 찾아왔다. 서울대학교에서 1974년 봄에 전국 동시다발로 시위를 일으켜 박정희 정권을 무너뜨리겠다며 지금 전국의 학생운동 지도부를 연결하는 중인데, 전국을 서울권, 영남권, 호남권으로 조직할 때 호남권을 대표할 책임자를 추천해 달라고 요청하러 온 것이다. 이강은 김남주와 상의하여 윤한봉을 천거했다. 이것이 소위 '민청학련 사건'의 시발점이었다.

긴급조치 1호의 주요 내용은 유신헌법을 부정·반대·왜곡 또는 비방하는 모든 행위와 유신헌법의 개정 또는 폐지를 주장·발의·제안, 또 청원하는 모든 행위를 금한다는 것이었다. 이를 위반하거나 비방한 자는 법관의 영장 없이 체포·구속·압수·수색하여 비상 군법회의에서 15년 이하의 징역에 처할 수 있도록 했다. 그렇게 되면 헌법에 규정된 국민의 자유와 권리를 잠정적으로 정지할 수 있고, 법원의 권한을 제한할 수 있으며, 대통령의 명령이 법률과 똑같은 효과를 발휘할 수 있으니 삼권분립은 무의미한 것이 된다.

이를 격파하고자 나선 대학생들은 비장했다. 서울대가 중심이 되어 전체투쟁 총괄, 서울대 각 단과대 담당, 서울시내 각 대학 담당, 지방 소재 대학 및 여자대학 담당, 기독교계 학생단체 담당, 사회인 및 재야 담당, 인쇄 담당 등 역할을 분담했는데, 그간의 공안 사건들이 어떤 식으로 활동가를 곤경에 빠뜨렸는지 알기 때문에 강령이나 규약은커녕 조직의 명칭조차 붙이지 않았다. 나중에 유인물을 제작하면서 임시방편으로 쓴 '전국민주청년학생총연맹'을 줄인 말이 '민청학련'이었다.

어쨌든 민청학련은 전국 각 대학의 운동 세력을 연결하여 일제히 봉기할 날짜를 4월 3일로 잡고, 3월에 경북대에서 시범 데모를 벌였으나 결과가 좋지 않았다. 4월 3일에는 서울대·성균관대·이화여대·고려대·서울여대·감신대·명지대에서 시위했지만 역시 기대에 못 미쳤다. 그래도 박정희는 긴급조치 4호를 선포하고, 이를 수사도 하기 전에 반국가적 불순세력의 배후 조종 아래 인민혁명을 수행하려 했다는 결론부터 내렸다. 그러니까 '민청학련 사건'의 배후를 "인민혁명의 수행을 위한 통일전선의 초기 단계적 지하조직"으로 규정하고 관련자를 사형에 처하겠다는 엄포를 놓은 것이다.

결과는 무지막지했다. 소위 '2차 인혁당 사건'과 '민청학련 사건'으로 불리는 이 사건은 중앙정보부의 발표에 따르면 주동자가 60명이었고, 관련 혐의로 수사를 받는 사람이 240명에 이르렀다. 광주는 특히 활동가가 많아서 윤한봉을 중심으로 김상윤·박형선·김정길 등 다수가 체포되었다. 김남주와 이강도 관련자였는데, 어찌 된 영문인지 김남주는 혐의 대상에서 제외되었다. 광주지역은 윤한봉을 중심으로 체계가 잘 갖추어져서 투쟁역량도 극대화돼 있었고, 투사들이 겪을 후유증조차 조정되고 있었다. 윤한봉은 아직 '옥독'이 풀리지 않은 「함성」지 관련자들을 최대한 숨긴 끝에 김남주를 감추는 데는 성공했으나 이미 노출된 이강은 어쩔 수 없었다.

이 같은 상황을 전혀 모르고 해남에서 농사를 짓던 김남주는 이황의 전보를 받고 부랴부랴 광주행 버스를 탔다. 이강이 건강도 회복되지 않은 상태에서 다시 구속됐다는 소식을 들은 것이다. 김남주는 몹시도 괴로웠다. 친구 이강이 다시 고문실에 끌려갈 것을 생각하면 잠을 이룰 수 없었다. 그래서 밤마다 이강과 함께하는 마음으로 시를 썼다.

보리는 왜 밟아줘야 더
팔팔하게 솟아나던가
잡초는 어떻게 뿌리를 박고
박토에서 군거하던가
곰팡이는 왜 암실에서 생명을 키우며
누룩처럼 몰래몰래 번식하던가
죽순은 땅속에서 무엇을 준비하던가
뱀과 함께 하늘을 찌르려고
죽창을 깎고 있던가

– 김남주의 시 〈잿더미〉 일부

김남주가 쓴 여덟 편의 시는 『창작과비평』에 발표되어 '민청학련 사건'으로 감옥에 간 친구들에게 엄청난 전율을 안겨주었다. 특히 이강은 이 시를 대하는 순간 숨이 멎을 것 같았다. "아, 남주가 시를 썼구나." 사람들은 시인의 체온이 담긴 심리학적 매개물, 그 차가운 종이쪽을 만지면서 시인의 형상을 가깝게 호흡하고 친밀감을 느낀다. 하지만 그것이 폭력적인 세계의 비천함과 싸우는 행위는 아니다. 김남주는 그러한 행각이 자신을 자기기만의 세계로 휩쓸어갈 수 있다는 사실을 알고 늘 경계해온 사람이었다. 김남주가 시를 쓰도록 등을 떠민 사람은 이강이었다.

이강은 1975년 2월에 출소했다. 그 사이에 유명 시인이 된 김남주가 수원교도소 앞에서 기다리고 있다가 이강을 끌고 그간에 도와준

분들에게 인사를 다녔다. 이강의 석방을 위해 애써준 함석헌 선생을 비롯하여 인권단체를 찾아가고, 문단의 고은·백낙청·신경림·염무웅 선생도 찾아가 인사를 올렸다. 그리고 얼마 안 지나서 김남주의 카프카서점 시절이 시작된다.

이강이 광주고등학교 시절부터 자취하던 학교 앞 헌책방 거리는 단지 낡은 책을 헐값에 파는 싸구려 서적 장터가 아니었다. 두 사람은 전에도 금서를 구해 읽느라 이 거리를 뒤지고는 했다. 헌책방 거리에는 해방 후 사회주의권 서적들도 굴러다니고, 일제강점기 때 해방사상을 접했던 사람들이 남긴 일어판 서적과 러시아어권 번역물이나 출판물도 많았는데, 그 때문에 1970년대의 저항적 문인과 지사적 학자들도 다 이 거리에서 성장했고, 훗날 녹두서점도 이곳에 차려졌다. 김남주는 그 헌책방 거리를 살짝 빠져나와서 전남여고에서 경찰서로 꺾어지는 골목 안에 가게를 얻고 책방 이름을 '카프카서점'이라 붙였는데, 그들에게 이 카프카서점 시절만큼 아름다웠던 때는 없었을 것이다.

카프카서점이 위치한 자리는 요지 중에서도 요지에 속한다. 도청이며 가톨릭센터며 광주MBC며 하는, 5·18 투쟁의 가장 중요한 현장들이 모두 그 옆집이거나 옆 골목에 있었다. 장소가 하필 광주경찰서 옆이건만 진열된 책이라고는 함석헌이 발행하는 『씨알의소리』와 백낙청이 편집하는 『창작과비평』, 또 몇 종의 사상 서적에 일어와 영어로 된 사회과학 분야의 불온서적뿐이었다. 말 그대로 김남주만이 실험할 수 있는 괴팍스러운 운동권 점포였다. 서점 어디에도 장사를 아는 자의 안목이라고 느낄 만한 것이 없었다. 팔릴 책은 아예 진열조차도

하지 않았으니, 이거야말로 서점을 빙자한, 세계를 환멸하는 자들의 사랑방이나 매한가지였다.

김남주 연표에 의하면 카프카서점은 1976년 10월에 문을 닫은 것으로 돼 있다. 도서출판 광주에서 출간한 『김남주론』은 그 항목을 이렇게 기재한다.

> [1976. 10. 함평 고구마 투쟁 전개]
>
> 서점이 상업적으로 실패하면서 일상생활의 갈등을 체험. 서점을 정리하고 자신의 생활을 재정립하기 위해 광주시 방림동 소재의 봉심정에 칩거하다.

김남주 연표에 '함평 고구마 투쟁'이 들어간 건 이강 때문이었다. 김남주의 역사를 절반은 채운다고 봐야 할 이강이 당시에 몰두했던 일이 '함평 고구마 투쟁'이었다. 카프카서점에 드나들며 이강이 준비해간 함평 고구마 투쟁은 전태일 열사 분신과 함께 한국의 1970년대를 민중운동의 시대로 승화시키는 도화선이 된 사건이었다.

어쨌든 카프카서점 시절부터 5·18까지의 광주는 『수호전』의 '양산박'을 연상케 한다. 저마다 민중의 두령이라 할 의인·장수들이 셀 수 없었다. 그러나 서점주인 김남주는 장삿속에는 백치에 가까운 사람이었으니 이들의 천국을 오래 지속시킬 재간이 없었다.

카프카서점이 망하고 김남주가 '봉심정'이라는 산채로 거처를 옮기자 서점을 드나들던 패거리들은 다들 이곳으로 가게 되었다. 봉심정은 '함성지 사건'과 '민청학련 사건'으로 감옥을 살고 나온 김정길이 관리하는 '산채'인데, 당시 광주민주화운동의 아지트 역할을 했다. 이

곳에서 민청학련 출신 이학영이 어느 날 뜻밖의 의견을 냈다. 그러니까 민청학련은 구속될 때는 빨갱이 취급을 받았는데, 석방될 때는 영웅이 돼 있었다. 기독교의 박형규 목사, 가톨릭의 지학순 주교 등이 국제적으로 호소해서 관련자들의 인권 문제가 세계적으로 시끄러워지자 미국에서도 지미 카터 대통령이 한국의 인권 문제로 강한 드라이브를 걸었다. 그 일로 얼마나 유명해졌던지 구속자들이 위문편지를 몇 상자씩 받았다.

그때 이학영에게 위문편지를 보냈던 사람 중에 이소라라는 여성이 있었는데, 부산에서 여공으로 지내다가 귀향한 사람이었다. 언니가 결혼하여 담양에서 농장을 하는데, 그 일을 돕는다는 여성의 편지가 매우 흥미로웠다. 자신은 시련에 굴하지 않고 어려움을 견디며 세파를 헤쳐 가는 사람들을 응원하고 싶다는 여성이 노동자 출신이라는 점이 특히 인상 깊었다. 이 같은 태도가 얼마나 건강하냐며 이학영이 제안했다.

"이소라 씨가 혹시 강이 형하고 결혼하면 어쩌겠소?"

이를 듣고 김남주와 김정길이 쌍수로 환영했다. 당시 이들에게는 이념공동체를 생활공동체로 만들어가야 한다는 고민이 있었는데, 매우 좋은 사례가 될 것으로 예측되었다. 그리하여 이학영이 이강을 대동하여 담양으로 선을 보러 가게 되었다. 이소라 씨의 형부가 이들을 맞았는데, 젊은 날에 뒷골목에서 주먹대장 노릇을 했던 사람이라 그런지 신랑감을 보고는 몹시 부럽고 흡족하게 여겼다.

"후딱 정해버립시다. 우리 처제 어쩌요?"

이 말을 듣고 와서 산채에서 다시 토론을 붙이자, 신붓감이 아까

우니 즉각 식을 올리는 게 좋겠다는 의견이 다수였다. 다만 이강의 앞길에는 험한 시련이 있을 수밖에 없다는 점을 신부가 이해하고 스스로 감당할 수 있는지 묻는 게 순서라고 해서 김정길이 이소라 씨를 만나서 그 점을 아주 구체적으로 주지시켰다.

“긍게 강이 형은 생활력도 없고 돈 버는 일에는 관심도 없어요. 민주화 투쟁을 한다는 건 맨발로 가시밭길을 걷는 일이라니까요.”

이소라 씨는 그 점이 오히려 마음에 든다고 했다.

“일은 내가 해도 돼요. 나는 지게질도 할 수 있어라우.”

산채에서는 신이 나서 이제 이강의 결혼식을 어떻게 올리면 좋을지를 토론했다. 민주투사의 모습이 초라해 보이면 안 되니까 되도록 성대하게 올리자는 의견이 나왔고, 마침내 그런 근사한 결혼식이 올려졌다.

전성기

이강은 이때 가톨릭농민회 교육부장으로 일하고 있었다. 서점을 접고 방황하던 김남주는 얼마 안 되어서 해남으로 내려가 농사를 지으며 시를 썼다. 그러다 『장길산』을 쓰러 내려온 소설가 황석영을 만나서 ‘농민회 사랑방’을 할 때이다. 김남주가 지은 나락이 익어서 황금들판이 된 계절에, 서울에서 나병식이 내려와 광주에서 김정길이랑 합류하고, 「함성」지에서 ‘민청학련 사건’에 이르는 일당들이 모여서 해남으로 갔다. 이강이 복판에 서서 김남주의 집에 들이닥치자 김남주가 농사 이야기도 들려주고, 농촌과 농민들에 얽힌 여담들도 늘어놓았다. 당연히 그간에 쓴 글을 보여달라고 조르지 않을 수 없었는데, 〈추곡〉이라는 시를 내놓자 다들 돌려 읽고는 김남주가 그새 훌륭한 농민 시인에 이른 사실을 칭찬하고 축하해 주었다.

그 자리에서 가톨릭농민회 교육부장 이강이 농민활동 프로그램에 '녹두위령제'를 넣고 싶다는 계획을 밝히면서 김남주에게 「함성」지 때 동학군 진군로를 답사하면서 느낀 감동을 써달라고 당부했다. 그래서 쓰게 된 글이 시 〈황토현에 부치는 노래〉와 '격문'인데, 이 두 글의 중요성은 한국 농민운동의 현장에 갑오년 동학농민혁명의 기억을 접목하는 계기를 주었다는 데 있다.

그런데 이강이 준비한 행사는 1977년에 성사되지 못한다. 대신에 이듬해 4월에 한국 농민운동의 분수령을 이루는 '함평 고구마 사건' 투쟁에서 승리하는 기념비적인 업적을 남긴다. 김남주의 시는 그해 가을에 광주 계림동에서 있었던 농민운동 행사에서 발표되었다.

놀라운 일이다. 이강과 김남주의 행보는 시간의 여백을 잠시도 남기지 않고 역사의 행간을 저항적 숨결로 가득 채운다. 그로부터 불과 몇 달 후에 두 사람의 이름이 다시 뉴스에 나오는데 이번에 호출된 주제는 '남민전' 관련자였다. 1979년 10월 9일에 내무부장관 구자춘이 특별기자회견을 통해서 '남민전'을 검거한 사실을 발표했는데, 내용이 어마어마했다. 건국 후 반국가활동 단일 사건으로는 최대 규모인 74명이 가담한 '남조선민족해방전선 준비위원회' 사건 총책 이재문을 위시한 20명을 검거했으며, 임헌영 등 54명에 대한 검거령을 내리고, 증거물 1,374점을 압수했다는 것이었다.

당사자들이 아무리 '남베트남 민족해방전선을 모델로 삼은 진보적 민족주의 성향의 단체'라고 말하고 그에 맞는 정황과 증거가 나와도 검찰은 아랑곳없이 '북한 공산집단의 대남 전략에 따라 국가변란을 기도한 사건'으로 공표했다. 그러면 언론이 취재하여 의혹을 밝혀야 하는데, 그들은 거꾸로 검찰이 제시한 낱말들을 세세하게 들추면서 호기심이 자극되는 자리마다 반공 이데올로기로 페인트칠하는 역할을 했다.

가령, 구속자가 이재문 외 파출부 1명, 점술가 1명, 회사원 4명, 교직자 13명, 가톨릭농민회 2명, 무직 14명, 택시기사 1명… 하는 식으로 74명을 발표하면 그들의 직업과 남민전 깃발, 혜성대, 땅벌 작전 따위의 은어들을 연결해서 이 모두가 북한에서 사용하는 공산주의 활동 용어라고 먹칠했다. 그로 인해 국민은 물론 민주화운동 진영까지 모두 거리 두기를 하는 대상이 되었다.

그로 인한 여파는 김수영의 시 〈폭포〉처럼 무서운 절벽을 두려운 기색도 없이 떨어지는 '곧은 소리'가 또 다른 '곧은 소리'를 낳게 만든다. 이강은 남민전 이전에도 전과가 많았다. 김남주와 평생을 동행했으며 김정길과도 몇 번씩이나 공범 관계였다. 그리하여 꼼짝없이 실형을 살게 되었을 때 박정희가 죽고, 또 얼마 안 되어서 광주를 무대로 계엄군이 펼치는 무지막지한 '활극'이 벌어진다. 그것이 '5·18'이라는 역사적 사건인데, 이때 형에게 면회를 다니던 이강의 동생들이 다시 투쟁에 뛰어든다. 여동생 이정은 물론이고, 형들과 동지처럼 활동해온 이황도 5·18에 참전했으며, 또 다른 남동생 이헌은 5월 27일 최후의 순간까지 항쟁에 참여했다. 막내 이윤은 훗날 이한열 열사의 친구로 6월항쟁에 참여했으며, 1987년 대선 때 '구로을 투표함 사건'에 연루되기도 했다.

이강은 자신으로부터 비롯된 일가족의 투쟁과 수난의 역사를 모두 교도소 안에서 들어야 했다. 끝없는 시련과 고통 앞에서 엄청난 분노를 느꼈을 텐데 본인이 절망하고 하소연하는 흔적을 남긴 자리는 없다. 오히려 의연하고 동화 같은 후일담이 전해진다.

예컨대, 광주교도소 의무관 중에 민경덕이라는 사람이 있었다. 그는 학창 시절에 이강의 아버지가 가르치는 학급에서 공부한 학생이었는데, 나중에 교도소 의무실로 배치돼 옛 담임의 소식을 들었다. 민주화운동에 뛰어든 아들을 둔 죄로 교직에서 물러났다고 하더니 다름 아닌 그 아들이 몇 해째 자신의 근무지에 수감된 사실을 알게 된 것이다. 존경했던 분의 혈육인지라 그는 곧장 돕지 않으면 안 된다고 생각했다.

"나는 이훈 선생님 제자여라우. 4학년 때부터 6학년 때까지 내 담임을 하셨어라우. 겁나 존경했는디."

이강은 감옥에서 이런 뜻밖의 인사를 받고 한참을 고마워하다가 즉각 김남주를 떠올리게 됐다. 어떻게 말해도 김남주의 본령은 시에 있었다. 이강은 그렇게 생각했다. 감옥에서 김남주에게 전사의 삶을 살게 하는 것도 총이나 칼이 아니라 시였다. 그래서 자신은 곧 석방되지만, 김남주는 감옥살이가 많이 남아있으니 틀림없이 보탬이 될 거라고 판단하고, 민경덕의 손을 잡고 부탁해봤다.

"정말 반갑소이. 그란디 나는 곧 나간단 말요. 혹시 김남주를 좀 도와줄 수 있소?"

어렵게 꺼낸 부탁인데 민경덕은 조금도 망설이지 않았다.

"당연히 해야지라우. 설령 옷을 벗는 한이 있더라도 도울라요."

이렇게 해서 민경덕이 이강 대신에 김남주를 돕게 되었다. 그런데 민경덕이 김남주를 만나보니 요청하는 내용이 낯설고 신기했다. 재소자라는 게 하나같이 무슨 약을 구해달라거나 아니면 담배나 속옷 따위를 요청하기 마련인데, 김남주는 엉뚱하게도 시를 쓸 수 있도록 도와달라는 것이었다. 당시에 마분지라 부르는 32절지 화장지가 있는데, 거무스름하고 누런 종이에, 연필이 없는 관계로 나무 꼬챙이로 눌러서 글씨를 쓰면 힘을 준 자국이 허공에서 비친다고 했다. 이 말을 듣고 민경덕이 연필을 주자 김남주가 바로 시를 써 보여줬다.

한 사흘 콩밥을 씹다 보면 깨우치리라
낫 놓고 ㄱ자도 모르는 순 무식쟁이든
모르는 것 빼놓고 다 아시는 도사든
둘러보아 사방 네 벽 감방에서
갖고 놀 만한 것이라고는 네 자지 말고 없다는 것을

– 시 〈독거수〉 전문

민경덕이 이를 읽더니 눈이 휘둥그레졌다. 와아, 김남주는 김삿갓 같은 사람인가 보다. 그때부터 김남주는 틈만 나면 환자 행세를 하며 민경덕이 있는 의무실을 찾았다. 그러다 어느 날 문 앞에서 갑자기 몸수색을 당했는데, 다행히도 그날은 시를 김남주가 지닌 게 아니라 징역을 함께 사는 후배가 품고 있었다. 이름이 선경식이라고, 언론사 기자를 하다가 국가보안법으로 구속된 광주일고 후배가 의무실 앞에서 느닷없이 검열을 당하자 숨겼던 시를 그냥 입에 넣고 삼켜 버렸다. 그런데 목에 침도 고이지 않은 상태로 오물오물하다 넘기는 바람에 종이가 기도에 걸려서 숨을 쉬지 못하고 캑캑거렸다. 예기치 못한 상황이 벌어지자 민경덕이 놀라서 한참이나 소동을 피운 끝에 겨우 위기를 넘겼다. 이 사실을 전하자 이강이 말했다.

"남주더러 인제 그만 좀 쓰라고 하쇼. 그러다 사람 죽겄네."

한국의 1980년대를 뒤흔들어 놓는 김남주의 옥중 시들은 대개 이런 식으로 바깥에 나오게 되었다.

저녁노을 앞에서

김남주는 1994년 2월에 췌장암으로 죽었다. 얼마 안 되어서, 이강과 함께 광주의 민주화운동을 이끌었던 윤한봉도 죽었다. 빌어먹을 제국주의 군인 하나가 노병은 죽지 않는다고 했던가. 이강은 얼굴에 주름이 져서도 외롭게 재야의 전선을 지키고 있었다. 아름다운 노을 속으로 강이 흐르듯이 살아남은 자의 세월도 저녁 빛을 그리며 저물어갈 수 있다면 얼마나 좋을까?

그러나 내가 들은 이야기는 전혀 다른 곳을 향한다. 그간의 삶에서도 확인되듯이 이강이 수행한 의로운 싸움들은 남들의 눈에 띄지 않는 뒤뜰 장독대 위에 그 후유증을 쌓아놓는다.

이강은 가톨릭 교육부장 시절부터 바깥에서 살다시피 했다. 투쟁 현장을 뛰어다니다 보면 처마도 없는 곳에서 한뎃잠을 자는 건 예사도 아니었다. 한 번 출장을 떠나면 한두 달쯤은 훌쩍 가버렸다. 그뿐만 아니라 언젠가 김남주의 '파리코뮌 사건'으로 그랬듯이 정보부가 예고 없이 그의 집을 발칵 뒤집어놓기도 하고, 교도소 신세도 단골이었다. 당연한 일이다. 세상을 찌르는 젊은 의인들의 축복 속에서 결혼한 이소라 여사도 애초에 그럴 줄 알았고, 꽤 오랫동안 불만이 없었다. 광주에서 유명한 '송백회' 활동도 하고, 소설 공부도 하며, 각종 대소사에도 열심히 뛰었다.

그런데 아기를 낳고 살림을 꾸리다 보면 파도처럼 밀려오는 난제가 한둘이 아니었다. 우선 시댁의 가풍이 엄격한 곳이라 집안의 풍속적 압박감이 있었고, 다음으로 이강의 인물이 환하고 똑똑한 데다가 성격조차 시원시원해서 동지며 후배며 여타 이웃으로부터 인기가 많다는 문제도 있었다. 그뿐 아니라 돈 버는 일에는 천치에 가까운데도 남들이 볼 때는 아내조차 양반집에 부잣집 며느리 같은 이미지를 갖게 되어서 정서적으로 불편한 일이 너무 많았다. 어떤 자리에서는 인간의 품위와 용모도 짐이 된다.

이강이 남민전으로 살고 나와서 6월 항쟁을 통과하는 시기에는 아이들이 학업에 열중할 때라 경제적 압박이 극심하였다. 가정형편이 어려워서 아이들에게 헌 옷을 사 입히느라 바자회 같은 데를 기웃거릴 때는 속에서 천불이 올랐을 것이다. 그나마 아이들이 공부를 잘하니 어머니 역도 소홀할 수 없는데, 남편은 나이가 들어서도 국민운동본부를 이끌고, 그 나이에도 구치소까지 들락거리는데 그 아내의 입장을 헤아려주는 사람은 없었다. 오히려 집안에서 효성이 지극한 동서며 시누들과 비교되어 눈치나 보이기 일쑤였다. 여기에 갱년기가 찾아오면 우울증에 걸리기 딱 좋은 환경이 된다.

세상의 흐름이 달라질 때는 민심의 변덕이 요동치듯이 심해진다. 모든 전투는 승리한 자들의 마을에 크고 작은 전리품을 안겨주기 마련이니, 남편을 따르던 인사들이 권력의 중심에 진입하는 것을 보았다. 정계 진출하여 국회의원도 되고, 출세 가도를 달리는 사람들도 눈에 밟혔다. 이때 인간의 마음은 갈림길에 이른다. 마을 공화국을 지키는 것은 공동체에 투여된 의인들의 헌신과 희생에 관해 존경하는 능력을 잃지 않는 일이다. 윤리적 지평이 무너지고 도덕의 물살이 빠져나가면 공동체도 난파선처럼 좌초되는 재앙을 맞는다. 세속적 부귀와 성공이 이들을 함부로 대할 때 느끼는 모욕과 멸시감은 얼마나 견디기 어려운 것인가?

당시 숱한 활동가의 아내들은 이를 못 견뎌 정신치료를 받고는 했다. 소위 문명사적 전환기라 부르는 사회주의권의 몰락기에 민중운동이 해체되는 과정을 이강은 혼자 외롭게 견뎠다. 운동의 타락과 세속화에 흔들리지 않는 자의 의연함을 이강은 꿋꿋하게 지키건만, 그러나 이소라는 이강이 아니었다. 정신이 아플 때는 누군가 보살펴서 입원하고 격리하여 치료받게 해야 하는데 날로 활동가가 줄어드는 현장에서 이강은 쫓기지 않는 날이 하루도 없었다.

그러는 동안 이소라는 남편과 특히 한통속이던 김남주가 그 고생을 하고도 아무 보람 없이 속수무책으로 죽어가는 걸 보았다. 김남주의 죽음은 그토록 놀랍게 휘몰아치던 삶이 아무런 대가 없이 허

탈하게 종료되는 장면을 연출하면서 그의 동지들에게 엄청난 충격을 주었다. 대개 신을 원망하는 한탄이 쏟아지는 게 이런 때인데, '이소라 사건'은 바로 그 발밑에서 나온다. 김영삼이 대통령이 된 뒤에 광주에서도 옛 보상을 받거나 잘 나가는 사람이 발에 차일 정도로 많았다.

이강은 그 시국에도 여전히 재야를 지키느라 어느 날 술자리를 마치고 심야에 귀가했는데, 주량이 약해서 한두 잔만 마셔도 인사불성으로 잠드는 사람이었다. 이소라 여사의 눈에는 그가 거실에 누워 있는 모습이 자신의 인생을 망가뜨린 악마의 형상으로 보였는지 모른다. 끝이 예리한 도구로 잠들어 있는 남편의 얼굴과 몸통을 가리지 않고 마구 내리찍고는 고속도로로 뛰쳐나가 옛 언니네 집을 향해 달렸다. 심야에 고속도로를 달리는 차량이 여기에 대비할 틈이 있을까? 이소라 여사는 그 자리에서 죽고 이강 선생은 얼굴이 만신창이가 된 채 발견되어 대수술을 받은 뒤에야 소생할 수 있었다. 이것이 내가 광주 일대에서 들은 풍문의 요지였다. 조심스레 취재하고 싶었는데, 광주사람 누구도 입을 열지 않았다.

내가 김남주 이야기를 청하러 갔을 때 이강 선생은 말이 어눌하고 기억이 온전치 못한 상태인지 동생 이황이 모든 말을 대신했다. 이황은 형 못지않게 김남주를 잘 아는 사람이라 필요한 내용을 마구 쏟아냈으며 나도 열심히 들었다. 그런데 그때 이황 역시 건강이 좋지 않았던지 내가 김남주 평전을 쓰는 동안에 암으로 별세하고 말았다. 그와 더불어 또 다른 동생도 암으로 죽었다는 소식을 들었다. 실로 안타까운 사연이다. 개인의 이득이 아니라 세상을 구제하는 삶에 대한 최소한의 존경심마저 사라진 세계에서 아내 잃고, 동생 잃고, 자기 자신의 육체도 파괴되었다. 그래도 철딱서니 없는 세속도시는 진보의 타락에 대해 앞뒤 없이 욕하고 비웃고 헐뜯기를 예사로 삼는다.

그들이 모르는 것은 오늘도 인간 정신의 증거물로서 이강처럼 지상에 알알이 박힌 위대한 영혼들의 부력이 세상을 가라앉지 않게 만든다는 사실이다. 위대한 영혼들의 발자국이 지워지고, 댓잎 몇 개가 진다고 해서 대지가 모두 시드는 건 아니다. 계절이 바뀌고 '청송'과 '녹죽'이 다시 무성해지는 건 순식간이다. 그래서 나는 또 생각해 본다. 이건 괴테가 했던 말 같은데, "모든 것은 회색이요 살아 있는 건 오직 푸른 생명의 나무이다."

김호석 화백의 예술세계-통찰력

- 5·18민주항쟁을 관통하여 -

트라피스트 수녀원

장요세파 수녀님

분석력과 통찰력은 긴 설명 없이도 그 차이는 분명합니다. 분석은 하나하나 쪼개어 그 작은 조각이 전체 속의 한 부분인 반면, 통찰력은 아무리 자르더라도 부분으로 끝나지 않는 통합의 한 면을 보는 것임이 분명합니다. 분석은 아무리 예리하더라도 사물이 가지고 있는 특성 거기에 머무는 반면, 통찰은 때로 사물 자체를 건너 다른 사물과 연결되기도 하고 심지어 넘어서기도 합니다. 분석이 과학에 가깝다면 통찰은 정신적, 영적, 초월적인 면을 지닙니다. 그래서 통찰은 예술의 시작이요 끝이라 표현할 수 있습니다.

화백이 지니는 예술의 세계를 제 나름으로 여러 면에서 보아왔는데, 다시 작품 앞에 서서 무엇을 볼 수 있을까 묵상하다 보니 훅 치고 들어오는 것이 통찰력이었습니다. 일상의 세계에서도 화백이 사물을 대하는 태도나 자세는 남다른 면이 있는데 그것은 통찰의 힘입니다. 남은 보지 못하는 혹은 보더라도 중요하다 여기지 않는 것에 곤충의 촉수보다 더 섬세하게 반응하는 면을 보곤합니다. 그러니까 작품에서 보이는 화백의 통찰력은 예술의 한 도구가 아니라 삶을 관통하는 하나의 자세라 할 수 있습니다.

그것은 어려서부터 할아버지로부터 받은 교육에서 비롯된 것일 수도 있고, 타고난 천성도 한몫을 함이 틀림없지만 화백이 의도적으로 노력하고 정성을 다한 것임을 여러 차례 경험하곤 했습니다. 그래도 할아버지의 교육은 화백에게 중요한 역할을 했다고 할 수 있지요. 해마다 가을이 되면 익어가는 벼의 한 포기당 낱알 수를 세게 하고,

새를 산 채로 잡아 관찰하거나 자연의 여러 존재들과 교감하도록 끊임없이 질문과 숙제를 내어준 할아버지의 교육적 자세와 사랑은 화백에게 결정적 역할을 했고, 그 교육을 헛되이 함이 없이 성장해서는 스스로 자신에게 부과하는 모습을 보입니다.

벌을 그리면 1년이 넘는 시간 벌을 냉장고에 넣어두고 관찰합니다. 여기에 돈이든 시간이든 아까워함이 없어 여왕벌은 값이 꽤나 나가지만 그런 것에 연연해하지 않지요. 몽골에서 추위와 척박한 환경으로 고생도 그런 고생이 없다 싶은 시간들을 70회 넘게 해낸 그 열정, 다녀오면 곧바로 입원을 해야 할 그런 때도 여러 번 있었고, 여행경비야 뭐 제가 설명하지 않아도 다들 짐작이 가능하리라 생각합니다. 이렇게 자세히 설명하는 것은 그러니까 그의 통찰력은 그 자신의 삶에 기울이는 열정과 관련이 깊다는 것을 강조하고 싶은 것입니다.

김호석 화백의 통찰력의 세계는 정말 각 그림을 접할 때마다 감탄이 터지게 만듭니다. 세계 어떤 화가에게서도 볼 수 없는 그야말로 "김호석 현상"이라는 말이 나오게 합니다. "낫으로 대나무가 쪼개지는 장면", "뱀 진드기", "쥐꼬리", "불타는 물" 등 몇 가지 예만 들어도 다른 이들은 관심조차 가지지 않는 곳으로 향하는 그의 관심의 넓이와 세심함에 감탄하게 되고, 부러움마저 느끼게 만들지요.

실제로 화백의 지인들이 어떻게 그런 관찰을 할 수 있는지 알려달라고 한다는 말을 들은 적이 있는데, 이것이야말로 알려주거나 가르쳐 주어 되는 일은 아니라고 봅니다. 만약 누군가 진정으로 그의 통찰력을 배우고자 한다면 자신의 삶을 내려놓고 그의 제자라도 되어 그와 함께 모든 삶을 같이하며 배운다면 어느 정도는 가능할 것입니다.

그의 삶 전체를 조명하지 않고서는 통찰력의 세계에 대한 이해가 가능하지 않습니다. 그가 받은 교육, 부모나 형제, 지인들로부터 받은 사랑, 그의 세상살이 경험, 무엇보다 그의 가치관이 이 통찰력에 결정적인 방향잡이를 한다고 볼 수 있습니다. 화백이 수녀원 트라피스트 잼 박스 디자인을 도와준 적이 있는데, 그때 그의 관찰력을 직접 경험할 수 있었습니다. 그는 평생 상업적 목적을 위해 대가를 받고 자신의 예술을 내놓은 적이 없지만 수도원만은 예외라며, 늘 모든 것에서 그러하듯 혼신의 힘을 다해 도와주셨습니다. 우선 평소의 그의 작업방식대로 직접 보고, 관찰하고 사진을 찍는 작업을 하면서 그가 관심을 보이는 것은 멋있어 보이는 장면이 아니라, 사소하고 남들 눈에는 띄지 않는 그런 것들이었습니다.

예를 들면 한 수녀님이 바닥에 앉아 공장에서 사용하는 밀차의 바퀴를 닦고 있었는데 자신도 같이 바닥에 엎드려 정성스럽게 그 장면을 찍었습니다. 화백이 관심을 보이는 방향은 대체로 이런 쪽이었고 다른 사람은 놓치고 보지 못할 것들을 잡아내곤 하였습니다.

이런 그의 통찰력이 가장 빛을 발휘하는 영역이 바로 이 전시회 광주 5·18민주항쟁입니다. 우리 민족을 훨씬 넘어 현대세계사의 상처라 할 수 있는 이 항쟁은 그것을 일으킨 장본인들에 의해 철저하게 숨겨져 왔고, 이로 인해 그 사태가 벌어진 땅의 사람들은 역으로 그 사실조차 알지 못하거나 정부가 왜곡시켜 배포한 내용으로 잘못 알고 있는 경우가 대부분이었습니다. 하지만 많은 이들이 자신의 생명을 건 노력으로 이제사 그 끔찍한 진실이 제대로 알려지고 있는 듯합니다.

이런 사태이다 보니 5·18에 관련된 예술은 전부 현실고발이라는 차원으로 치우쳐 있고, 그 의미를 캐고 역사적 흐름 안에 제자리를 찾는 시도는 찾아보기 힘듭니다. 현장의 생생한 아픔과 비극을 표현하는 것도 진실을 밝히는 과정에서는 정말 필요하지만, 그 고통스런 현실이 예술적 차원으로 승화될 때 그 일은 이제 단지 상처에서 벗어나 새로운 의미를 지니고 우리 앞에 나타나게 됩니다. 그것은 더 큰 세상이라는 희망을 지금 우리에게 가지게 해 줄 수 있습니다. 과거 일을 과거에 그치지 않고 현재의 우리에게 바로 현재의 의미와 과제가 되게 하는 것이 예술의 힘입니다.

화백이 이번 전시회에 출품하는 작품들은 이런 의미에서 5·18 작품의 한 획을 긋는 역사적 전시회가 되리라 생각합니다. 5·18을 하나의 우연한 사건이 아닌 전라도 지역 민중들의 항쟁으로 자리매김하는 '김남주', '함성' 그리고 이 항쟁의 자리에는 함께할 수 없었던 이강 선생과 김남주 시인을 앞에 내세운 그의 통찰력은 그가 예술가인지 역사가인지 혹은 운동가인지 헷갈리게 할 정도입니다. 그리고 이강 선생 일련의 작품들은 이 시대의 큰 화두인 좌우 문제까지 은유로 표현해냅니다.

그뿐만 아니라 이강 선생의 삶이 표현된 작품들은 민주화운동 한

편에서 싸움 투쟁이 권력 쟁취로 넘어가는 그 면만이 아니라, 삶의 마지막까지 가장 순수한 마음으로 민족과 민중의 진정한 해방을 위해 자신을 바친 사람들을 우리 앞에 가져다 놓습니다. 이야말로 민주화운동의 참 정신인 것이지요.

출품된 작품들 중에는 『모자라고도 넘치는 고요』라는 최근 발간된 책 속의 작품들이 많은데, 화백의 통찰력 다른 면도 살펴봄직합니다. 자신의 모친을 그린 작품이 다섯 가지인데 하나는 검은 얼굴, 보이지 않는 눈으로 눈썹을 그리는 모습, 스러져가는 모습과 거울에 비친 그림자, 두 손, 며느리가 식사를 드리는 모습입니다. 사실 하나하나 보면 작품이 될 것 같지 않은 소재들입니다. 이 장면이 소재가 되는 것은 그의 어머니를 향한 사랑이 절절하게 담겨 있기 때문이지요. 눈꺼풀이 내려앉아 앞이 제대로 보이지 않는 어머니를 검은 얼굴로 표현해냅니다.

통찰력은 이런 것입니다. 예술에서의 통찰력은 과학에서의 그것과는 이렇게 다를 수밖에 없습니다. 어떤 것을 대상화하는 것이 아니라 그것이 인간이 아닌 사물일지라도 그 대상과 하나되어 그 속으로 들어갑니다. 그럼으로써만 다른 이들은 보지 못한 것, 도저히 작품의 소재가 되지 못할 것 같은 것들이 새로운 빛을 띠고 나타납니다.

최근 몇 년간 최대의 문제요, 화두인 코로나를 바라보는 통찰력 또한 기발합니다. 갑자기 내린 빗속에 머리카락이라도 젖지 않도록 비닐을 뒤집어쓴 장면, 열감지기 앞에 선 사람을 0과 1 즉 컴퓨터 숫자로만 그린 것, 목을 한껏 움츠린 닭 등 문제를 문제로만 보지 않고 그 속에 파묻힌 사람과 사물의 정황과 처지를 감상하는 이 앞에서 턱 가져다 놓습니다.

세월호 말로 표현하는 것이 불가능한 그 아픔을 개의 시점에서 바라보는 그 깊이에는 가슴이 멍해지는 기분이 들었습니다. 청개구리 한 마리, 물속 여린 생명, 진드기에게 먹히는 뱀 그리고 쥐꼬리마저도 작품의 대상이 됩니다. 도대체 쥐를 얼마나 살피고 바라봐야 꼬리가 작품의 소재가 되는 경지에 이를 수 있는지 저로서는 짐작도 하지 못할 세계라 그저 감탄만 할 뿐입니다. 회칼에 묻은 피를 빠느라 자신의 날개가 잘리는 줄도 모르는 파리, 땅강아지, 누구나 기피하는 바퀴벌레도 나타납니다. 심지어 그 바퀴벌레는 인간보다 오래 산 종족으로 인간에게 한 수를 가르치는 모습을 보입니다. 인간도 읽지 못하는 녹두문자를 읽는 벌레, 지구상에 존재하는 모든 것이 얽힌 그물망 안에서는 이상할 것도 없는 현상입니다.

앞으로도 그의 통찰력의 세계가 우리 앞에 무궁무진한 우주와 지구, 인간과 사물의 온갖 기기묘묘함을 펼쳐 보여주리라 기대하며 모든 것을 인스탄트로 빨리 하는 것이 돈이 되는 세상에 다른 가치를 전개해 주기를 바라마지 않습니다. 세상의 균형은 꼭 양으로만 채워지는 것이 아니기에 그의 고독한 예술의 세계가 현대 세계의 온갖 기울어짐에 받침대 역할을 하고 있음을 믿습니다.

김호석

Kim ho suk

1981년　홍익대학교 미술대학 동양화과 졸업
1987년　홍익대학교 대학원 동양화과 졸업
2006년　동국대학교 대학원 미술사학과 졸업(문학박사)
2008~2014년　한국전통문화대학교 교수 역임

개인전

1986년　제1회 김호석 수묵전(관훈 미술관)
1988년　김호석 초대전(온다라 미술관)
1989년　김호석 전(관훈 미술관)
1991년　김호석 초대전(가나화랑)
1993년　김호석 초대전(샘터화랑, 스페이스 샘터)
1995년　김호석 수묵인물화전(예술의 전당 한가람 미술관)
1996년　김호석 근현대인물전-역사 속에서 걸어 나온 사람들(동산방화랑)
1996년　김호석 수묵인물화전(국제신문 전시실)
1998년　김호석 전 - 함께 가는 길(동산방화랑)
1998년　김호석 전 - 그날의 화엄(동산방화랑)
1999년　올해의 작가 김호석 전(국립현대미술관)
1999년　김호석 초대전 - 또 다른 지평선(아라리오 갤러리)
2002년　김호석 전 - 19번의 농담(동산방화랑)
2006년　김호석 전 - 문명에 활을 겨누다(동산방화랑)
2006년　김호석 초대전 -빈 발자국 소리(금산 갤러리)
2007년　'어디에서 보아도 나는 모악이다'- 김호석 전(제 5전시실), (전북 도립미술관)
2009년　가전 김호석전 - 일상에서 건진 우리시대 풍속도(청원군립대청호미술관)
2012년　김호석 수묵화전 - 웃다(공아트스페이스)
2013년　김호석 수묵화전- 그리움이 숨 막혀 그림이 된 김호석 붓(아라아트센터)
2014년　김호석 수묵화전- 묻다(광주시립미술관 GMA갤러리)
2015년　김호석 초대전- 틈(고려대학교 박물관)
2016년　김호석 초대전-먼동(한경 갤러리)
2016년　김호석전-사랑방 이야기(미룸 갤러리)
2017년　김호석 초대전-'Hiding Inside the Light(National Gallery of Modern Art, NewDelhi, Bengaluru)
2019년　김호석 초대전-보다(제주 돌 문화 공원 오백장군 갤러리)
2021년　김호석 석재 문화상 수상 초대전(수피아미술관)
2021년　김호석 초대전-사유의 경련(아트파크)
2023년　김호석 초대전-검은 먹, 한 점(광주시립미술관)
2023년　김호석 초대전-이강, 세상을 품다(광주5.18기록관)

수상

1979년　제2회 중앙미술대전: 장려상(중앙일보사 주최, 국립현대미술관)
1980년　제3회 중앙미술대전: 특선(중앙일보사 주최, 국립현대미술관)
1980년　제7회 한국미술대상전: 장려상(한국일보사 주최, 국립현대미술관)
2000년　제3회 광주비엔날레: 미술 기자상
2021년　석재 문화상

단체전

1981년 ’81 청년작가전 초대(국립현대미술관 기획)
익우전(미술회관)
한국 현대수묵화전 초대(국립현대미술관 기획)
오늘의 전통회화 ’81전(관훈미술관)
수묵화 4인전(동산방화랑)

1982년 묵 그리고 점과 선전(관훈미술관)

1983년 수묵의 현상전(관훈미술관)
제4회 동·서양화 정예작가 초대전(서울신문사 주최, 롯데화랑)

1984년 한국화 단면전(미술회관)

1985년 현대 한국화 시각전(관훈미술관)
한국화 채묵(彩墨)의 집점(集點) – 청년시대의 모색과 시도 ’85(관훈미술관)

1986년 현대 한국 채묵화, 동서의식의 만남(Paris, France 한국문화원)

1987년 유홍준 평론집(80년대 미술의 현장과 작가들) 출판기념
우리시대의 작가 22인전(그림마당, 민)
이 시대의 한국화 신표현전(미술회관)
오늘의 한국화 수묵전(바탕골 미술회관 기획, 바탕골 미술관)
오늘의 한국초대(Gallery Korea, New York)

1988년 물과 먹의 소리전(관훈미술관)
한국화 의식의 전환전(관훈미술관)
서울 현대 미술제(미술회관)
현대 한국회화전 초대(호암 갤러리)
한국화 4인전 초대(갤러리 상문당)

1989년 오늘의 서울전(미술회관)
황토현에서 곰나루까지(개관기념전, 예술마당 금강)
현대 수묵전(동덕갤러리)
’80년대의 형상미술전(금호 갤러리)
현대 한국회화전(호암 갤러리)

1990년 90년대의 한국화 전망전(미술회관)
젊은 모색 ’90(국립현대미술관)
한국미술 – 오늘의 상황(예술의 전당 미술관)
오늘의 초상(모란미술관)
농촌 현실과 농민의 모습전(온다라 미술관)
젊은 시각 – 내일에의 제안전(예술의 전당 미술관)

1991년 한국화 물성과 시대 정신전(미술회관)
한국화 동세대전(아라리오 미술관)
한국화 6인의 심상과 형상전(갤러리 이콘)

1992년 90년대 우리 미술의 단면전(우리미술연구소 기획, 학고재)
인간, 그 얼굴과 역사 – 현대미술의 동향, 30대 작가전(미술회관)
한국현대미술 – 1992 표정(새갤러리)
전통의 맥 – 한국성 모색전(서남 미술관)
제8회 JAALA ‘제3세계와 우리들’전(일본 동경도 미술관)

1993년 ’93 한국화, 그 시각적 표현의 개방성(갤러리 그레이스)
인물화, 삶의 표정전(현대아트 갤러리)
비무장지대 예술문화운동 작업전(서울시립미술관)

태평양을 건너서: 오늘의 한국미술(뉴욕 퀸즈미술관)
1994년 동학농민혁명 100주년 기념전시회(예술의 전당 미술관)
'한국현대미술 27인의 아포리즘'전(부산 월드화랑)
제4회 제주신라미술전(가나화랑 주관, 제주신라)
서울 600년, 서울 풍경의 변천전(예술의 전당 미술관)
1995년 우리시대 거울보기(동아 갤러리)
한국현대미술전(Magyar Nemzeria Galeria : Budapest)
1996년 오늘의 한국화 - 그 맥락과 전개(덕원 미술관)
1996 인간의 해석(갤러리 사비나)
사람+人間(갤러리 목시)
미술 속의 동물 - 그 상징과 해학(갤러리 사비나)
제2회 한국일보 청년작가 초대전(예술의 전당 미술관)
전통과 현실의 작가 17인 전(학고재 화랑)
CONTEMPORARY ART IN ASIA(Queens Museum : New York)
도시와 미술전(서울시립미술관)
동아시아 모더니즘과 오늘의 한국미술(원서 갤러리)
한국의 모더니즘의 전개 - 근대의 초극(금호미술관)
1997년 우리시대의 초상 - 아버지(성곡미술관)
1998년 한국현대미술전(Albert Borschette conference Centre)
1999년 역대 수상작가 초대전(호암 갤러리)
인물로 보는 한국미술(호암 갤러리)
2000년 제3회 광주비엔날레 본 전시 - 한국, 오세아니아(비엔날레 전시관)
일상, 삶, 미술전 (대전 시립미술관)
깨달음의 길을 간 얼굴들 - 한국 고승 진영전(직지사 성보박물관)
2001년 2001 희망 - 歲畵展(가나아트센터)
1980년대 리얼리즘과 그 시대(가나아트센터 전관)
변혁기의 한국화 - 투사와 조망(공평아트센터)
2002년 '도시에서 쉬다'(일민미술관)
완당과 완당바람 - 추사 김정희와 그의 친구들(학고재 화랑)
한·중 2002 새로운 표정(예술의 전당 미술관)
우리들의 얼굴(제비울 미술관)
2003년 제6회 포천미술협회 초대전(포천 반월아트홀 전시실)
2005년 고승유묵전(예술의 전당 서예 박물관)
국제현대미술전 DMZ-2005(헤이리 북하우스)
우리시대를 이끈 미술가 30인(서울옥션센터)
2006년 여성·일·미술-한국 미술에 나타난 여성의 노동(이화여자대학교 박물관)
2007년 한국화 1953-2007전(서울 시립미술관)
가족 보듬기(광주 시립미술관)
비평적 시각-130여명의 작가들, 근대에서 최근까지(인사 아트센터)
2009년 잊혀져간 단종-역사의 숨결을 찾아(한국 전시관)
2010년 BLACK and WHITE-그 사이의 풍경들(이윤수 갤러리)
젊은 모색30(국립현대미술관)
제주 추사관 개관 전(제주 추사관)
노무현 전 대통령 추모전(갤러리 루미나리에)
2011년 '낀'-사이를 걷다-경기대학교 호연 갤러리
올해의 작가 23인의 이야기 1995~2010(국립현대미술관)

2012년 채용신과 한국의 초상미술 – 이상과 허상에 꽃피다(전북도립미술관)
길 떠난 예술가의 이야기 생각여행(경기도 미술관)
2013년 교과서 속 현대 미술을 만나다(제주도립미술관)
2015년 "1980년대와 한국미술"(전북도립미술관)
겸재 정선, 현대에 다시 태어난다면...전(겸재정선미술관)
'신소장품2014'전(광주시립미술관)
시민과 함께하는 광복 70년 위대한 흐름"소란스러운, 뜨거운, 넘치는"(국립현대미술관)
2015년-2016년 한국화 소장품 특별전 제1부〈멈추고, 보다〉(국립현대미술관)
2016년 가나아트 컬렉션 앤솔러지(GanaArt Collection Anthology)(서울시립미술관)
2017년 삼라만상 신소장품2016-16, 김환기에서 양푸동까지(국립현대미술관)
2017년 2017 전남 국제 수묵 프리비엔날레(목포 문화 예술회관)
청년의 초상(대한민국 역사박물관)
2018년 현대 수묵3인전(누벨백 미술관)
2019년 다시 이는 독립 물결전(누벨백 미술관)
2019년 수묵정신(전북도립미술관)
2020년 한국의 인물화(현대화랑)
2021년 그들의 내밀한 창작 전개도(아트비트 갤러리)
묵향, 먹의 고향에서 피다(누벨백 미술관)
동경대전(자하 미술관)
DNA:한국미술 어제와 오늘(국립현대미술관 덕수궁)
2022년 수묵의 오늘(최북 미술관)
Hi-story. gif(자하미술관)

저서

『역사의 이름』 당대 출판사, 1996.
『문명에 활을 겨누다』 문학동네, 2006
『한국의 바위그림』 문학동네, 2008
『김호석 수묵화 '웃다'』 예서원, 2012
『그림으로 쓴 역사책 반구대 암각화』 예맥, 2013
『김호석 수묵화집』 고려대학교 출판국, 2015
『모든 벽은 문이다』 도서출판 선, 2016
『사유의 경련』 도서출판 선, 2022

김호석 연구 단행본

『옷자락의 그림자까지 그림자에 스민 숨결까지(김호석의 수묵화를 읽다)』 김형수 지음, 문학동네, 2008
『수녀님, 서툰 그림읽기』 장요세파 지음, 도서출판 선, 2017
『수녀님, 화백의 안경을 빌려 쓰다』 장요세파 지음, 도서출판 선, 2019
『모자라고도 넘치는 고요』 글 장요세파, 그림 김호석, 파람북, 2022

작품 소장

국회의사당 / 국립현대미술관 / 서울시립미술관 / 호암미술관 / 아라리오미술관
주 터키 한국대사관 / 주 필리핀 한국대사관 / 해인사 백련암 / 해인사 지족암 / 직지사 중암
불광사 / 겁외사 / 법성사 / 대흥사 성보박물관 / 고려대학교 박물관 / 강진군청(다산초당)
정송강선생 사당 / 제주 추사관 / 아모레 퍼시픽 미술관 / 흥국생명 / 광주시립미술관

이강,
이강은 이강이다

그리고 엮은이 김호석 | **글** 장요세파 외 | **발행인** 김윤태 | **발행처** 도서출판 선 | **교정** 김창현 | **북디자인** 디자인이즈
등록번호 제15-201 | **등록일자** 1995년 3월 27일 | **초판 1쇄 발행** 2023년 4월 20일
주소 서울시 종로구 삼일대로 30길 23 비즈웰 427호 | **전화** 02-762-3335 | **전송** 02-762-3371

값 20,000원
ISBN 978-89-6312-624-1 03810
그림©김호석

호강 남쪽에서
으뜸인 집

수림정 식당

전남 화순군 화순읍 진각로 154
(화순군청 민원실 건너편)

061-374-6560